古書堂事件手帖

～扉子與虛幻之夢～

三上 延

輕文學
Light Literature

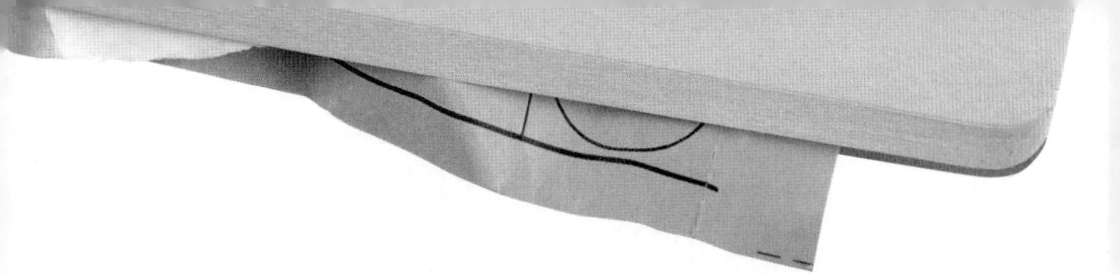

主要登場人物

篠川栞子

文現里亞古書堂的店長，也是大輔的妻子。對於舊書的知識非比尋常，堪稱書蟲。經常飛往母親位於倫敦的舊書店工作。

五浦大輔

栞子的丈夫。因過往的遭遇，變成無法看書的特殊體質。代替出國洽公頻率愈來愈高的妻子經營文現里亞古書堂。

篠川扉子

栞子和大輔的女兒，承襲了母親的書蟲天賦。自從看過大輔記錄的「手帖」，就開始對文現里亞古書堂的另一項服務產生興趣。

篠川智惠子

栞子的母親。因與扉子間的交流而暫時停下國外的工作，留在日本。住在藏書數量龐大的別墅裡。

樋口佳穗

委託人。過世前夫的上千冊藏書即將被公公賣掉，為了阻止公公，所以找上文現里亞古書堂。

樋口恭一郎

佳穗即將上高中的兒子。過去幾乎不看書，但受到同一所高中的學姊扉子影響，開始對書產生興趣。

杉尾康明

佳穗的前夫。原本應該接手成為虛貝堂第三代老闆，卻罹癌病逝。年輕時曾經離家遠遊，音信全無，但詳細原因和情況不清楚。

杉尾正臣

虛貝堂的第二代老闆。身體狀況欠佳，所以店務大多都交給老員工龜井處理。準備把兒子的藏書拿到舊書市集活動上賣掉。

龜井

虛貝堂的現任總管，與杉尾家的關係就像一家人。康明過世後，他希望杉尾家所有人能夠修復關係，相互和解。

神藤由真

豆冬帕書房的老闆。為人善良，因此同業總是把她當成女兒或孫女看待，可說是舊書工會的吉祥物。

瀧野蓮杖

瀧野書店的店長，擅長次文化領域，也是舊書工會分會的理事長。

開端・五天前

春初的綿綿細雨無聲降落在北鎌倉。

文現里亞古書堂今天公休。

玻璃門內的門簾拉上了，鐵製立牌也收起。這家在橫須賀線北鎌倉車站附近經營超過六十年、店長傳承三代的舊書店，從開店以來就不曾裝潢改建，彷彿時間停止般，殘留著舊時代的氛圍。

店內擺著一排排年代久遠的木頭書櫃，二手硬皮書甚至都堆到走道上了。在遠離鎌倉市中心的這處郊區，這裡是唯一一家專營二手書的舊書店；即使隨著時代變遷，網路購書目前已經成為店內營業額的主要來源，但親自上門光顧的客人仍然絡繹不絕。

而且儘管是公休日，此刻在這棟建築物的某處仍然可聽見說話的聲音。

店裡沒人在，但舊書店的後門連接兩層樓的主屋，在昏暗走廊的另一頭就是玄關。一雙尺寸偏大的女用長靴放在磨石子地上，那是登門拜訪的客人的私物。走廊盡頭亮著燈的和室裡，有兩名女子隔著矮飯桌對坐。

她們兩人的身影清楚倒映在簷廊那側的大落地窗上。

「我聽說貴店有提供與書有關的各種諮詢服務對吧？」

打完招呼後率先開口的是客人。這位自稱姓樋口的中年婦女，臉龐和體型都略顯豐腴，看起來友善親切。

「各種諮詢服務」的言下之意就是並非單純的書籍買賣。舊書經年累月在不同人的手上來來去去，有時正是人際關係決裂、互相爭權奪利的原因，這種時候文現里亞古書堂就會接到委託，出面調查或調停這類問題。有這種需求的委託人，多半會選在公休日上門。這位樋口女士也是其中之一。

「是……是的，算有。」

篠川栞子低著頭吞吞吐吐回答。

長度及背的黑直髮加上粗框眼鏡、黑色針織衫搭配磚紅色的褲裙十分好看。繼承這家舊書店已經十幾年，到現在她的容貌仍然一如當年，叫人感到不可思議。其他還有些地方也跟過去沒什麼不同，比方說，儘管一直都在與客人打交道，她卻仍舊極度怕生。

再加上今天她的丈夫大輔不在。大輔去葉山鎮的老客戶家裡搬舊書——也就是到府收購去了。有他在，琹子比較不怕客人，但是既然他不在，琹子也只好獨自面對。琹子吞下哽在喉嚨的唾液繼續說：

「如、如果方便的話，請告訴我詳細狀況……可是我必須先提醒……我們不是專業人士，所以能夠做的有限，或許無法達到您的期待……」

聽到她如此沒有把握的語氣，樋口露出不解的表情，但也只是一瞬間，她旋即恢復原本的態度，開口說：

「事情是這樣的，再過幾天，我兒子有權利繼承的舊書就要被賣掉。我希望你們能幫我阻止。」

「請問您的兒子是從誰的手上繼承那些書呢？」

「是兒子的父親，也就是我的前夫。他在兩個月前罹癌病逝了。」

琹子輕輕眨了眨眼，腦子似乎正在消化這些訊息，手不自覺緩緩撫摸擺在腿上的厚重文庫本——那是新潮文庫的海明威短篇集《蝴蝶與坦克》。她不希望讓面前的客人看到，只動手撥弄著書。摸書能夠讓她恢復冷靜。

她彷彿從書本得到了力量，抬頭挺胸說：

「您……與前夫離婚，大約是在什麼時候？」

「差不多十三年前吧。兒子是跟著我。後來我與現在的丈夫再婚，又生了一個小孩，不過我前夫始終沒有再娶，所以除了我們的兒子之外，他沒有其他繼承人。」

她的嗓音中滲著苦澀。有了新家庭的她，或許對於並未擁有新家庭的前夫感到歉疚。

「閱讀幾乎就是他唯一的興趣，因此他的藏書不少，也可以說除了書之外，他幾乎沒有其他遺物。這種類型的人應該稱為書蟲嗎？在二手書圈應該並不罕見吧？」

「嗯，算是……」

栞子停下撫摸海明威短篇集的動作。她當然也是「書蟲」之一，無論何時何地只要手裡有書，不管是什麼內容她都會沉溺其中。在她手邊的文庫本也是客人上門之前她正在看的書，她隨手放在矮飯桌下沒收起來。如果要聊書，不管多久她都樂意奉陪；一旦客人開始說起委託內容，她就會變得比較自在，也是因為事情往往與書有關的緣故。

「您清楚他的藏書數量和類型嗎？」

「這個……我記得他幾年前說過有上千冊。他喜歡推理小說，其他的書好像也看得不少，我也不是很清楚……但我想他的書買來都是為了閱讀，不是為了收藏。總之他很愛看書，他常說書造就了他這個人。」

栞子點點頭，似乎也很有共鳴，要樋口繼續往下說。

「兒子懂事時，我們已經離婚了，不過前夫才是他的親生父親這點不會改變……所以我希望把他留下來的遺物交給兒子。」

「請問您的兒子今年貴庚？」

「十五歲。我最近愈來愈搞不懂他在想什麼，甚至感到不安。他下個月就要上高中，這也是做家長的必經之路吧。」

「我十分了解您的心情，我也有個讀高中的女兒。」

兩位母親相視而笑，氣氛變得很融洽。由於雙方都有青春期的孩子，所以她們聊了一會兒養小孩等不會踩到地雷的話題之後，栞子才進入正題。

「請問是哪一位打算賣掉您前夫的藏書呢？」

委託人的神色轉暗，停頓了一會兒才回答：

「是我前夫的父親，也就是我兒子的祖父，對我來說是前公公吧。他原本是與我的前夫兩人住在一起。」

「如果沒有特別留下遺囑，法定繼承人應該是您的兒子才對，您的前公公沒有資格私自賣掉遺物。我想您應該要透過律師知會對方。收購有這種複雜背景的舊書，業者也會惹上麻煩的……」

琹子試探性地偷覷對方的表情。如果事情這麼簡單就能夠解決，對方也不會找上門來。果不其然，委託人搖搖頭。

「沒必要找業者來收購。」

「什麼意思？」

「我過世的前夫和他的父親也是經營舊書店的。只要把那些舊書當成店內商品，就可以正大光明賣掉了。」

沉默降臨整間和室。琹子倒抽一口氣，似乎是想到了什麼。

「您說的該不會是……這個縣內的舊書店吧？」

「對，叫虛貝堂的舊書店……妳果然知道？」

「上上個月的公祭，我和外子也有去上香。」

虛貝堂就位在ＪＲ戶塚車站旁，從半個世紀多前經營到現在。老闆杉尾正臣已經七十幾歲，過去有很長一段時間擔任附近舊書店均有加盟的舊書工會分會理事，深得同業的信賴。兩個月前他才辦完獨生子康明的喪事。

「我與虛貝堂過世的兒子……康明先生雖然沒什麼機會碰面，不過敝店也是從很早以前就承蒙杉尾社長的照顧。他在這一行是老前輩，我很難想像他會以不合法的手段賣掉死者的藏書……」

「我也是這麼以為，可是他老人家最近幾年不太對勁，好像變了個人似的。這次的情況也是，我多次想找他談談，他卻完全不理睬我，只是不斷強調說，他要把那些藏書拿去藤澤的舊書市集活動賣掉。」

舊書市集活動是在百貨公司或車站前廣場等地方舉行的聯合促銷特賣會，幾家舊書店會提供各自的商品共襄盛舉。這類活動現在的人氣已經沒有過去熱絡，不過仍會有不少客人前來挖寶。參與這類活動能夠提升整體業績，對舊書店來說也不無好處。

「假設您說的是藤澤站前百貨公司舉行的那場活動，虛貝堂社長確實會參加。這次敝店也有打算參加。」

「我在網站上看到舊書市集的通知，相信我的前公公應該也會在會場露臉。妳可以幫我勸勸他別賣掉那些藏書嗎？同業出面勸說，他或許願意聽。他才剛辦完兒子的葬禮，我也不想把事情鬧大到找律師出面……拜託妳了。」

樋口深深鞠躬。栞子原本緊抓文庫本的手突然放鬆。

「我明白了……總之我或外子會去找虛貝堂老闆……杉尾社長了解一下情況。問題是……」

說到這裡她欲言又止——問題是什麼？

站在昏暗走廊上的人影屏住呼吸，靜靜看著和室內的兩人談話。

人影腳下的木地板嘎吱了一聲，因為她的腳趾不自覺太過用力。面對簷廊的玻璃門上清楚倒映著栞子看向和室外面的身影。她們倆的視線或許還對上了。人影靜悄悄往後退，拉開紙拉門進入房間。

這裡與其他房間一樣，大半牆面都被書櫃淹沒，唯有擺在窗邊的書桌和有蓋收納箱勉強透露出有人生活在這裡的痕跡。這間是兒童房。

穿著西裝制服的高中女生背靠紙拉門而立，她的黑長髮和粗框眼鏡，還有五官輪廓都與栞子十分相似。不只容貌相似，就連愛看書這點也遺傳到了。

她是栞子和大輔的獨生女——篠川扉子。

她按住胸口緩緩深呼吸。她方才碰巧聽到了和室裡的對話。今天是這個學期的結業式，因此她比平常早回到家，發現家中空無一人。就在她準備去盥洗室清理被雨淋溼的學生鞋時，母親回來了，緊接著很快就有客人來訪。

她正想不動聲色地折回自己的房間，卻因為聽到的對話內容而停下腳步。扉子知道這不是她應該知道的事情，但她也去虛貝堂買過書，認識店裡包括杉尾社長在內的所有員工。

為什麼杉尾社長要擅自作主賣掉過世兒子的藏書？還有為什麼要選在下週的舊書市集活動賣書？——這些事情扉子都沒有必要知道，但她無法停止思考；這情況就像在想像一本尚未看完的書的後續內容。

扉子走近旁邊的書櫃拿出一本文庫本。那是新潮文庫的《MyBook》。這本文庫本的內頁全是白紙，只印有日期，是模仿書冊排版的日記本，每年都會發行。

扉子在書桌前坐下，把剛才聽到的內容寫進《MyBook》今天那一頁。她這樣做不是為了記錄，而是為了整理心情。把不小心得知的事情寫下來，就能夠讓那些事情只留在這裡。

她的父親大輔會在歷年的《MyBook》裡寫下文現里亞古書堂相關的事件紀錄，他一定也會把今天的委託寫上去。

扉子有自己的《MyBook》這件事，她的父母並不知情，這是只屬於她個人的備忘錄。

父親把自己的紀錄稱為「事件手帖」，所以扉子也把自己的紀錄叫這個名字，應該不至於不妥。

換句話說，這是另外一個角度的文現里亞古書堂事件手帖。

第一日・

《怪獸島決戰　哥吉拉之子》

電影手冊

「啊……」

下了東海道線電車的樋口恭一郎，在藤澤車站的月臺上倏然停下腳步。

今天是四月一日。前不久甫自國中畢業的他，在這天升上高中。假設今天他被捲進什麼刑案或意外事故，上了電視新聞，字幕就會出現「高中男生（15歲）重傷昏迷」——不對，重傷可就不妙，改成「高中男生（15歲）受到輕傷」就好，這樣一來他就會因為「奇蹟生還」而引起關注。

想著想著，原本微笑的嘴角逐漸拉平抿緊。

他今天沒有遇上刑案或意外事故，今後八成也不會遇到。那些引人矚目的事情向來與他無緣。

走在車站月臺上的恭一郎，身上穿著不合季節的雙排釦大衣，背著廉價的肩背包；他只是一位平凡無奇的十五歲少年，課業成績和運動神經都普普通通，身高不算高，長相大概算很路人。他八歲的妹妹前不久才天真無邪地稱讚他說：「哥哥遠遠看起來很帥。」明明只是小學生說出的話卻字句戳心。

他當然也沒有女朋友，也沒有出去玩的安排。他今天來到藤澤車站是為了人生第一份打工工作。

走到月臺樓梯頂端，正好有人從身後撞到他的肩膀，恭一郎大大地晃了一下，差點就要跌到地上。

「不好意思。」不只是對方，連恭一郎也反射動作地道歉。

那位肩上背著大型公事包的微胖中年男子錯愕地轉頭看過來。

這種時候就算錯的不是自己，恭一郎也會不自覺地道歉，這是他的壞習慣；儘管有些沒出息，但他覺得這樣總比為了小事與別人起爭執好。

中年男子微微低頭行禮後大步跑開，或許是有什麼急事吧。那個鮮黃色毛衣包裹的駝背身影讓恭一郎想到大氣球，他忍不住想像對方飛上天空的樣子。

恭一郎慢吞吞往前走。他也與人有約，但他沒打算像那名中年男子那樣匆匆趕路。老實說他也沒那麼想要與對方碰面。

在走出藤澤車站的驗票口之前，他就注意到那位拄拐杖的老人站在那兒；老人的頭頂是稀薄白髮，戴著度數看起來很深的眼鏡；明明是春天，瘦骨嶙峋的身軀卻裹著枯葉般的褐色西裝。

「你是……恭一郎嗎？」

老人來到他面前，才不太有把握地開口問。他是恭一郎的祖父杉尾正臣。

「啊，對。您，早。」

「嗯，你很準時。」

老人低頭看著手錶，恭一郎也看看智慧型手機。現在是早上十點。

「是……」

「好……我們走吧。」

尷尬的對話說明他們兩人之間的距離有多遠。在恭一郎有限的記憶中，他見過祖父的次數一手就能數完，而且幾乎都是在恭一郎的父親，也就是正臣的兒子康明的喪事和公祭場合。

杉尾康明在兩個月前病逝，享年四十七歲。

恭一郎的父親在他三歲時就與母親離婚，所以他沒有與父親共同生活的記憶。他們在每年恭一郎生日時會見見面，但恭一郎與父親聊不太起來，他對父親既不討厭也不喜歡，只是父親缺乏存在感和難以對人說不這些部分，都讓恭一郎覺得兩人果然是父子。他們也鮮少聯絡。

去年父親被診斷出胃癌末期。

在父親住院後，他去探望過幾次。父親的枕邊總是堆著書。沒有閱讀習慣的恭一郎不清楚那些是什麼書，只知道在舊書店出生長大的父親，從小就經常沉浸在書海裡。

「我找你過來，是要你來幫忙這三天的活動。」

走在旁邊的祖父低聲對恭一郎說。他們兩人正在走向車站與百貨公司連通道另一頭的老百貨公司。門口旁的看板上寫著「第六十屆 藤澤舊書市集 四月一～三日」。恭一郎對這個活動一點概念都沒有，只知道自很久以前起每年都會舉辦。祖父經營的舊書店也會參加，而他就是受雇來幫忙的。

「你要在今天中午之前學會怎麼用收銀機。你會接觸到錢，所以我勸你謹慎一點。」

在祖父銳利的目光注視下，恭一郎沉默點頭。看來祖父就跟他的外表一樣，是對工作要求嚴格的人。

恭一郎會來幫忙沒見過幾次面的祖父，起因是父親的尾七法事。

上週，恭一郎跟著母親一起前往父親的尾七法事。

祖父經營——原本該由父親繼承——的舊書店「虛貝堂」，就位在戶塚車站附近的商店街。從大馬路上看到的書店正面，有著類似歐洲別墅的厚實磚牆，櫥窗裡陳列著年代久遠的英文書，可是進到建築物裡一看，卻是極為平凡老舊的日式瓦片屋頂木造民宅，只有從大馬路方向看到的那面牆是西化的外裝。上網一查才知道那種風格稱為「看板建築」。

祖父生活的二樓，只有幾位親戚和工作上有往來的相關人士聚集在此，舉行法事。已經離婚、不再是親人的母親置身其中，似乎很不自在，但恭一郎也一樣。等到法事的住持返回附近的寺院，恭一郎準備回家時，就看到母親和祖父在佛壇前小聲說話。

他們兩人談話的氣氛十分嚴肅。母親叫恭一郎自己先回家，於是穿著國中制服和雙排釦大衣，提著包包的恭一郎走下樓梯，走出玄關外。他要離開之前突然想到一件事，便走進店面兼主屋隔壁那棟兩層樓的別館；他記得父親生前不是住在主屋而是這裡。他去探病時，父親親口說的。

這裡稱為別館，其實一樓不過是倉庫，把燈打開就看到水泥地上一排排串連成長龍的不鏽鋼書架。他起先覺得這裡很像圖書館，仔細看過就會發現氣氛不同；綁繩沒拆開的文學全集和包著塑膠袋的舊雜誌都堆放在架上。大概是有人在打掃，倉庫裡沒什麼灰塵味。

這邊這些書都是舊書店的庫存，聽說管理和整理也是父親的工作。恭一郎走上角落的樓梯，看看父親起居的二樓。二樓有一間放著床和茶几的榻榻米房間，旁邊是狹小的廚房和廁所，簡直就像獨居者專用的雅房。

也不曉得是葬禮過後有人清理，或者是父親原本就愛乾淨，每個角落都井然有序。但奇怪的是，這裡一本書也沒有。

（我有徵得同意，可以把自己的藏書放在一樓的倉庫裡。）

父親在病房裡說過的話，在恭一郎的腦海裡甦醒。

（我假日大多都待在倉庫裡，一邊整理店內庫存，一邊隨心所欲地沉浸在我喜歡的書中……）

父親當時說這些話的聲音很開朗，對比他憔悴的病容顯得很不協調。

恭一郎回到一樓，在書架間走動。他猜想父親應該也做過同樣的事。恭一郎雖然對這些書無感，但父親一定很快樂。不曉得父親會不會偶爾想起他這個分開在別處生活的十五歲兒子。

恭一郎也不是特別希望父親惦記著他，他其實也很少想起自己親生父親，此刻卻覺得心裡有些浮動，就像本來以為空無一物的小盒子搖晃後卻發出小聲響那當下的感受。

沒注意到過了多久，恭一郎感覺有人，回頭一看，發現仍穿著喪服的祖父正站在那兒看著書架。

「原來你沒有先回家？」

「對不起。」

聽到對方以威嚴的嗓音這麼問，恭一郎不自覺就道歉。

「你在這裡做什麼？」

恭一郎的喉結因緊張而上下滾動。

「那個……我是想看看爸爸他生前住在什麼樣的地方。」

「在你看來像是什麼樣的地方？」

祖父立刻拋來下一個問題，恭一郎來不及想出更委婉的答案，只得老實回答：

「全都是書……」

看到祖父滿是皺紋的唇角隱約勾起，恭一郎過了一會兒才反應過來他是在笑。

「這裡面也混了不少那傢伙的書，我想應該有一千本吧。」

一千本──恭一郎無法想像那是多少數量，只知道代表很多。

「那一千本書，你想要嗎？」

「不想……」

恭一郎回答的同時感到很納悶。祖父或許期待著他回答「想」，但是過去幾乎沒在看書的恭一郎，也不曉得自己得到大量藏書該如何處置，因此他也無從判斷。

祖父點點頭，似乎認同他的答案。

「是嗎？既然這樣我們就賣掉吧。正好下週在藤澤有活動。」

恭一郎不禁懷疑自己的耳朵。賣掉？遺物可以臨時想到說賣就賣、賣掉換現金嗎？不會有法律上的問題嗎？

實際有權繼承父親藏書的人雖然是他，但此時的恭一郎沒有想到這些。

「留下來不是比較好嗎？爺爺可以留著看……」

「我不需要。」祖父二話不說搖頭：「況且我跟那傢伙的閱讀喜好不同，一兩本還可以考慮保留，一千本就沒辦法了。再說我也已經剩沒多少日子好活，如果你不願意收下，反正不久之後還是得處理掉……既然這樣，不如由我們親手把書交給下一個人，不是比較好嗎？」

因為祖父的氣場太強，恭一郎差點就要點頭贊成他的看法。親手把書交給下一個人是「好」在哪裡？他無法理解這段話打哪兒冒出來。從事舊書相關工作的人都有這種想法嗎？——慢著，他剛剛說了什麼？

「『我們』是什麼意思？」

「就是我和你，再加上我們店裡的總管，一共三個人。」祖父回答得不以為意，接著說：「你如果有空，就來幫忙藤澤的活動。我當然會付你打工薪水。」

祖父雖然說「你如果有空」，但眼前這氣氛怎麼看都難以開口說不。恭一郎就在搞不清楚狀況也不知道祖父的意圖下，答應去打工。

反正能夠拿到錢。祖父後來說要給的金額，比他想像得還要多。加上過年的紅包，應該就能換新手機了。反正只要有錢就好。

藤澤舊書市集是在百貨公司五樓的活動廣場舉行。聽說此次參與賣書的，包括虛貝堂在內，一共有四家舊書店共襄盛舉。

搭乘手扶梯上樓的地方有箭頭標誌的引導立牌，寫著「現場設有防盜監視器。攜帶大型隨身行李者，請寄放在櫃檯處」等注意事項。身穿橄欖色針織衫的男子正背對著恭一郎，用重物壓住引導立牌的底座。他一注意到恭一郎等人，立刻轉頭站起身。

（好高大！）

這就是恭一郎對他的第一印象。他不僅身高很高，肩膀和手臂也布滿結實的肌肉；雖然穿著店員常見的素色圍裙，但以他的體格來看，說他是自衛隊員或特種部隊也很合理。那對彷彿睜不開的單眼皮眼睛令人印象深刻，除此之外的五官輪廓倒是很平凡，也很難分辨他的年紀，看起來像三十幾歲也像四十幾歲。

「五浦，客人來場的情況如何？」

祖父問。看樣子他們認識。被稱為五浦的男子視線輕輕掃過恭一郎的臉。

「以第一天來說，客人來得有點少。不過今天天氣不錯，下午或許人會多一點。」

這個男人的外表粗獷，沒想到說話的語氣溫和又穩重。

「現在站收銀的是文現里亞古書堂的人嗎？」

「對，是我們店的人。」

文現里亞古書堂似乎是這個男人的店。

「是……小栞嗎？」

祖父語氣僵硬地問道，握著拐杖的手也很明顯用了力。五浦搖頭。

「內人臨時有工作，所以今天沒過來。」

「這樣啊。」

祖父鬆了一口氣，樣子像是放心了。看來他不希望那位「小栞」在場。對方究竟是什麼人呢？

「杉尾社長，關於康明先生的書——」

一聽到五浦的話，恭一郎抬起頭。這個人也知道那些書的事，而且跟父親似乎是舊識。

「沒有辦理繼承就把死者的藏書賣掉，這樣做不太妥當……是不是先從架上撤下比較好？」

「繼承人都說可以賣了……對吧，恭一郎？」

話題突然轉到自己身上，恭一郎反應不過來。五浦細長的眼睛再度掃向恭一郎。

「你就是康明先生的兒子？」

「對，他也來幫忙活動。既然繼承人都說要賣，那就沒問題了吧？」

回答的人是祖父。恭一郎突然想到——祖父或許就是為了應付這種逼問場面，才找他來幫忙。

「那也必須走正式的法律程序才行。」

「或許吧。但要我從架上撤下那些書，無論如何都辦不到。康明把自己的藏書擺在書店的倉庫裡，哪些是書店的庫存、哪些是他的私物，事到如今也無人能夠分辨了。」

這話恭一郎是第一次聽說。如果真的無法分辨，尾七那天祖父特地問恭一郎要不要繼承那些書就不合理了。這只是祖父的推托之詞吧？

「恭一郎。」

五浦以口齒清晰的聲音說。恭一郎不自覺挺直腰桿。

「你的母親知道你今天會來幫忙祖父工作嗎？」

恭一郎答不出來。事實上祖父交待過他不准說，理由是說了情況會變得很複雜——即使他覺得不說也一樣複雜，但他不想錯過賺錢的機會，所以只對母親說自己要去朋友家玩。

「你去會場收銀檯找人教你怎麼做，我和五浦有點事情要談。」

祖父開口替恭一郎解圍。恭一郎正急著離開，五浦突然叫住他：

「慢著，你如果聽到我們店的店員在吹口哨，跟她說話就要大聲點。」

五浦苦笑著說。恭一郎感到不解，店員在吹口哨是什麼意思？這個人可能是在跟他開玩笑吧。

恭一郎於是放棄思考，加快腳步朝會場走去。

通往活動廣場的大門被固定成開啟的狀態，一走進會場就發現這裡比想像中更寬敞；左右側牆壁都是一排排的書架，中央和後側牆壁的大型平台上堆滿二手書。雖說來客不多，不過現場也有超過十名客人站在書架前仔細查看書脊。這些來客幾乎都是中高年齡的人。恭一郎還看到有人抱著一大堆尚未結帳的書。

會場內很安靜，卻瀰漫著人們找尋想要的書的熱情，這是恭一郎第一次見識到的世界。收銀檯應該就在某個地方。他正打算環顧四周時，就聽見身後傳來莫名破碎的聲音

──

「嘶、嘶嘶、嘶──」

不對，與其說是聲音，比較像是在換氣，而且怪的是這個換氣聲還有節奏。他轉頭看過去，看到擺放收銀機的矮櫃檯，櫃檯後側有個格外寬敞的空間，牆前擺著工作要用的桌子，以及用來放隨身物品的金屬層架。

一名少女背對著金屬層架坐在椅子上。

恭一郎屏息。少女的長髮紮成公主頭，挺直的鼻梁上掛著黑框眼鏡，長睫毛環繞的

雙眼正面對著她自己的雙腿。

她穿著藍色長裙的腿上攤開著一本書，她的上半身穿著下襬有蕾絲的白色內搭與紅色連帽上衣。

那個破碎的聲音是從她像孩子般噘起的雙唇間流洩而出。

（那是……口哨聲嗎？）

發出聲音的人似乎認為是，可以確定這位就是文現里亞古書堂的店員了。仔細一看，她或許比恭一郎年長些，五官樣貌是錯身而過時，會驚豔回頭再看第二眼且事後念念不忘的水準。

「不好意思。」

他鼓起勇氣開口，對方卻沒有反應；她不是刻意無視恭一郎，而是正沉迷在書裡。再喊一聲仍然沒反應。恭一郎記得五浦交待過要大聲點，但會場這麼安靜，他擔心打擾到其他人。

最後他逼不得已，只好把上半身伸進櫃檯內側，伸出手指輕扯她正在看的那本書的書角。

「嘶——嘶嘶，啊，是！實在很抱歉！」

她匆忙闔上書站起來，那本書的綠色書封映入恭一郎的眼簾，上面寫著《人類臨終圖卷Ⅲ》，作者是山田風太郎。

「歡迎光臨，請問有什麼需要幫忙的地方？」

少女咳了聲清清喉嚨後，以正經的表情說。可是從她纖細脖子狂流的汗水不難看出她的心慌。

「我不是客人……我是虛貝堂的工讀生。」

才說出店名，她便仔細觀察恭一郎的臉，也不知道在想什麼，突然就點點頭表示明白。

「原來如此。我是文現里亞古書堂的篠川，篠川扉子。」

「我是……樋口恭一郎。」

他不知道對方為什麼要報上全名，所以也跟著以全名自我介紹。扉子這個名字有點奇怪，不過很適合她。這麼說來剛才好像在哪裡聽過類似的名字？

「你該不會是虛貝堂老闆……杉尾社長的孫子？」

篠川扉子歪著脖子問。

「啊，對。」

「是臨時來支援嗎？」

「啊，是，祖父叫我來的，只在這個活動期間幫忙……正好我到入學典禮之前都閒著。」

恭一郎每次回答開頭都先說「啊」是因為很緊張，他鮮少與妹妹以外的女孩子講這麼久的話。這個時候的他還沒有深入去思考，對方為什麼只聽到名字就知道他是虛貝堂的孫子。

「你上哪所高中？」

「啊，稻村高中。」

縣立稻村高中正如校名所示，就位在鎌倉市的稻村崎附近。扉子一聽到校名，眼鏡後的雙眼頓時大睜。

「我也是稻村高中的！太巧了！」

一問之下才知道她今年剛升上高二，也就是比恭一郎大一歲。恭一郎勉勉強強才能夠接上對方的話，心臟不由自主地狂跳——還沒入學就能夠認識學姊，他感覺這樣的巧合，或許意味著他即將展開夢想中的高中生活——這當然是癡人說夢。

巧合當然是巧合，但鎌倉在地高中的在學生在同一個學區內遇見，也沒有什麼神奇之處。再說「夢想中的高中生活」到底是什麼？理想太過飄渺，具體來說究竟是什麼模樣，他完全沒概念。所以才叫夢想。

「呃，從學姊的角度來說……稻村高中是什麼樣的學校？」

恭一郎的腦袋清醒之後問。他只是想找話題隨便聊，沒想到扉子抬起一隻手，掩著嘴別過臉去，似乎是在偷笑。

「學姊？妳怎麼了？」恭一郎開始感到不安，問：「是我說錯了什麼話嗎？」

「學姊……」

扉子在口中反覆呢喃，彷彿在咀嚼這個詞。

「我有生以來第一次聽到人家叫我學姊，感覺好害羞，嘿嘿！」

她掩聲竊笑。恭一郎心想，這不是日本每所學校都會使用的稱呼嗎？

「妳讀國中時沒人這樣喊妳嗎？」

「沒有人那樣叫我。一方面是我沒有參加社團……也沒有機會接觸到學弟妹。」

就算沒有參加社團，一般來說學生會或學校活動也有機會與低年級的學弟妹交談。如果連這種場合都沒有，表示這位學姊的校園生活跟一般人不一樣。

「別叫妳學姊比較好嗎？」

「不不不！歡迎你盡量叫！我想聽你再喊一次，來，請！」

只見她緊閉雙眼，似乎準備享受那聲「學姊」。她這個人外表雖然長得可愛，不過個性蠻獨特的。看到她這麼期待，恭一郎反而不好意思開口。

「篠、篠川，學姊。」

「我是。找我有事嗎？樋口學弟？」

「呃？」

他只是按照對方的期待喊而已，沒有什麼特別的事要找她——不對，有事。恭一郎突然想起自己為什麼來這裡。

「請教我收銀機的使用方式。」

收銀機是由提供場地的百貨公司準備，是需要手動輸入顧客支付金額的舊型機種，沒有其他複雜的功能，所以操作不是太難。現場還另外準備現金以外的付款方式專用裝置，不過扉子說那臺裝置有機會再教他怎麼使用。

接著，扉子也簡單說明了結帳之外的工作，以及櫃檯內側的備品。她說，總而言之有一項規則絕對必須遵守。

「就是這個。」

扉子一臉正經地把一張白色小紙片舉到眼睛的高度。那張長方形紙片大約手掌大小，頂端約有一公分寬的折起，正中央有手寫的文字和數字——

《人類臨終圖卷　Ⅰ～Ⅲ》套書　一〇〇〇日圓

寫的是書名和售價，兩者都是橫書，金額就寫在書名的下方。再往下印著「虛貝堂」的店名。

「今天在這裡賣出的每本舊書，都夾著像這樣的價格標籤。賣出去的時候一定要把這個抽出來。」

她按下收銀機按鈕打開抽屜，拿起收納不同種類紙鈔錢幣的細長錢盤。恭一郎有生以來第一次知道那個部分能夠拿起來。

「最後把價格標籤收進這個錢盤底下，這條規矩很重要。」

錢盤底下的空間塞滿了寫著書名和金額的價格標籤，不是只有虛貝堂的，也有很多其他書店的，有文現里亞古書堂的店名，再來也有豆冬帕書房、滝野書店——不同書店的價格標籤大小與排版都有微妙的差異，看來並沒有明確規定的版型。

「為什麼必須把價格標籤抽出來放這裡？」

恭一郎心想，要一一抽出每本書的價格標籤很麻煩，直接給客人也無所謂吧？

「好的，這是因為呢——」

扉子豎起食指，彷彿在說「這個問題問得好」。

「收銀機只會記錄簡略的品名和金額。賣掉的是哪家書店的舊書，必須對照價格標籤才會知道。」

「啊……原來是這樣。因為收銀機只有一臺。」

會場中有四家舊書店聯合上架舊書，沒有各自獨立的場地和收銀機，所有現金營業額全都在這臺收銀機裡。

「沒錯。所以打烊後結算時，必須分別算出每家店的營業額再分錢。為了方面結算方便，必須收好價格標籤。」

「懂了……」

恭一郎記住了。話說回來，這位學姊明明年紀跟自己不相上下，卻很熟悉舊書店的工作。

「篠川學姊，妳從什麼時候開始在舊書店打工？」

扉子眨了幾下眼睛，長睫毛舞動著。

「我沒說過嗎？我是文現里亞古書堂老闆的女兒，今天是來幫父親的忙……你沒看到我父親嗎？他剛才在手扶梯旁邊。」

恭一郎想起那位體型壯碩的男人，記得對方姓五浦；而且雖說是父親，卻與這位學姊長得一點也不像。

「妳的姓氏跟妳父親不一樣……」

恭一郎說出口才覺得不妙。搞不好人家是有什麼複雜的家庭因素，比方說，母親再婚，所以她與現在的父親沒有血緣關係等等。

「家父平常用舊姓，不過在戶籍上跟我和家母一樣，都姓篠川喔。」

扉子回答得毫不猶豫。恭一郎在安心的同時也感到羞愧；他誤以為對方的處境與自己相似，心底深處有些期待自己與這位學姊之間有「驚人的巧合」。

「我要買這本。」

穿著米色大衣的中年婦女將一本厚書放在櫃檯上，印在書脊上的書名是《角川類義語新辭典》。書裝在透明塑膠袋內，包裝得很仔細。

一旁的扉子以眼神示意——你來結帳，於是恭一郎按照她教的方式打開袋口，抽出牢牢固定在封面右上角的價格標籤。標籤頂端一公分寬的折口夾在書頁上方，避免標籤在袋子裡移動。

標籤上寫著虛貝堂和售價八百日圓，金額與店名之間寫著「無書盒，無書封」；那個空位似乎是用來標示書況。

恭一郎把金額和品名輸入收銀機時有些手忙腳亂，不過還是順利把商品和找零交給對方，當然也沒有忘記把現金和價格標籤收進收銀機裡。

「做得很好，看不出來是第一次。」

扉子在恭一郎的耳邊小聲說，溫熱氣息帶來的酥麻感蔓延到脖子側邊。恭一郎很希望扉子別再像這樣沒有多想就靠近，以免他會錯意。

後來陸續有幾名客人來結帳，幸好恭一郎都在扉子的出手相助下勉強過關。等到他終於習慣操作收銀機之後，終於有空環顧會場。他發現看書的人比剛才少了一些。

此時，突然一名戴著太陽眼鏡的高大光頭男子走進會場。他身穿背後有華麗龍刺繡的橫須賀夾克，要不是他推著載滿書的手推車，實在很難判斷他是舊書店的店員。對方經過收銀檯前面時，朝恭一郎輕輕點頭致意，接著就開始補充牆邊架上的書。

恭一郎明明不認識對方，卻覺得好像在哪裡見過。

「那邊那位店員……」

他正想問身旁的扉子知不知道對方是哪家店的人，這才注意到她坐在櫃檯前面，拿著原子筆在小紙片上寫字。

那是她剛才講解時，拿給自己看的《人類臨終圖卷　Ⅰ～Ⅲ》的虛貝堂價格標籤。這麼說來她稍早只用那張標籤說明收銀機的操作流程，並沒有把標籤收進收銀機的抽屜裡。書還沒有賣出去，所以這麼做也是理所當然。她原本在看的綠色書封《人類臨終圖卷Ⅲ》就放在價格標籤旁，上面疊著另外兩集，書封分別是紅色和藍色，三種顏色相當醒目。

「妳在做什麼？」

「幫忙寫價格標籤。剛才虛貝堂社長的委託，我忘記自己還沒有寫完。」

扉子回答時沒有抬頭，她在售價和店名之間寫上小小的「書背稍微曬傷，有藏書票」幾個字。

「有好幾本舊書都忘記寫價格標籤，沒有寫就不能上架。」

她將那三本書一起裝進透明塑膠袋，再用無痕膠帶固定，避免書在袋子裡滑動，把書平平整整地包好後，在封住開口之前，她把那張價格標籤塞進封面和塑膠袋之間。

扉子摸了摸《人類臨終圖卷》的封面，似乎很捨不得。這麼說來，恭一郎剛到會場時，她正埋首沉溺在看那本書。那書究竟是什麼樣的內容，恭一郎無法想像。

「那本書很有趣……」

「有趣！非常有趣！」

話都還沒有問完，她已經語氣堅定地回答。

「這套書按照過世的年齡順序，列出眾名人臨終的情況。第一集是由十幾歲過世的名人開始，最後的第三集是以活到百歲以上的名人作為結束。一九八六年初版問世之後，改版發行過好幾次……這套是一九九六年再版的軟皮精裝版。」

恭一郎面對扉子突如其來的滔滔不絕說明感到不知所措。等他好不容易對於這套書的內容有了初步的認識，對方卻又開始說起書的裝幀和年代，他的腦袋幾乎跟不過來。

「歷史名人留下哪些功績等事情，學校的課本也會提到，但事實上多數人都不清楚這些名人是怎麼死的。比方說，牛頓、南丁格爾、莎士比亞等人，你會發現自己對於這些歷史名人的晚年是什麼狀況，一點兒概念都沒有，對吧？」

「啊……對。」

聽她這麼說，恭一郎才發現她說得沒錯，除非是戰死沙場的戰國武將，或是與歷史大事有關的名人之死，否則跟尋常人一樣的病死或意外喪命，通常不會受到太大的矚目。

「讀完這套書就能知道他們臨終的情況，書中介紹的名人有超過九百人！」

她把三本一套的套書舉到恭一郎的鼻尖前。既然書中收錄那麼多名人，應該表示有不少人年紀輕輕就死去，當然也有名人是跟他的父親一樣四十七歲就結束生命。知道他們臨終的情況究竟有什麼意義？老實說恭一郎也不清楚。

儘管如此，恭一郎還是被勾起了好奇心。

「寫這套書的人很有名……對吧？」

「是的，山田風太郎是娛樂小說的代表作家。」

即使是這麼初級的問題，扉子仍舊面帶笑容回答。恭一郎對於這位作者的名字有印象，由此可知他很有名。

「他的作品中最多人閱讀的是傳奇小說，尤其是以忍者為主題的忍法帖系列。他也寫過許多其他類型的作品，出道作品是推理小說，所以他也是懸疑作家，以明治時代為舞臺的時代小說也廣受好評。至於《人類臨終圖卷》，雖然是風格特出的作品，但大眾幾十年來仍在閱讀。與山田風太郎有往來的小說家，如：江戶川亂步、橫溝正史等人的臨終狀況也寫進書裡，並加上他本身的證詞，而這也是這套書引人入勝的地方。」

恭一郎看著《人類臨終圖卷》套書，售價一千日圓，相信它一上架就會被人買走。

他注意到扉子突然停止說明，只見她的雙手扶著櫃檯，垮下肩膀，呼地吐出一口氣。到底出了什麼事？她怎麼瞬間情緒低落？

「呃？妳怎麼了？」

「對不起……」

只見她低頭鞠躬道歉，連聲音聽來都很沮喪。

「樋口學弟，你又不是特別愛書的人，我卻自顧自說個不停……你一定覺得很不舒服吧。別看我這樣，我還是有自覺的。」

恭一郎感到不解，她為什麼突然這樣？

「沒關係……」

「哎，我這樣講也很詐。你怎麼可能對你的高中學姊直言不諱說：『沒錯，我真的覺得妳很噁心！』我這個人很不懂得掌握與同輩相處的距離。我從小就只知道看書，除了日常對話之外，只會聊書，在學校也遇過很多事……當然我不是把責任推卸到書上，你懂吧？

總之我現在已經有努力改進，嘗試與其他人溝通想法，盡量不與社會脫節！」

她高舉拳頭展現自己的決心。她的表情和情緒真是瞬息萬變，恭一郎差點從鼻子發出哼笑聲，連忙咬住嘴唇——這個時候如果笑出來，對態度認真的扉子很失禮；而且她之前也提過自己沒有學弟妹，看樣子她的校園生活也存在些麻煩。

他與這位學姊的交情沒有深厚到可以過問太深入的私事，再說他也不是很清楚自己是否想要與她變得更親近，不過有個東西他此刻真的很想要。

恭一郎拿起那套《人類臨終圖卷》說：

「我可以……買這個嗎？」

他不等扉子回答就拿出錢包。扉子一臉納悶，但什麼也沒說就替他結帳。

「這是我第一次用自己的錢買書。我偶爾會買電子書，像是漫畫或輕小說……」

對公開表示愛書的人講這種話很丟臉，但扉子卻聽得很認真。幸虧如此，恭一郎才能夠繼續把話說完。

「聽學姊講書的故事很有趣，我身邊沒人會像妳這樣跟我聊書。」

扉子的嘴角立刻揚起開心的淺笑。她這個人果然有可愛的一面，只是旋即又恢復嚴肅的表情。

「你的家人從來不曾勸你看書嗎？」

「我記得幾乎沒有，他們八成沒有想到要勸小孩看書吧。」

恭一郎的腦海中浮現父親生前住的別館。別館一樓不論朝哪個方向看全都是書。既然父親那麼熱衷看書，應該也會主動推薦別人看書吧？難道是因為恭一郎不曾表現出對書感興趣，所以父親才沒有積極勸說？又或許問題是出在恭一郎身上。

恭一郎沒有稱得上是嗜好的嗜好，他不收集也不會長時間沉溺在喜愛或熱衷的事物上，頂多稍微瀏覽一下現在引起話題討論的影片、動畫或電玩，這樣他就很滿足了。

但最近他開始介意別人擁有他沒有的東西，尤其是愛書的人；或許是因為他在父親住院時去探望過好幾次，因此好奇即使住院也要在病房內堆起書堆的人在想什麼、過著什麼樣的生活。

聽了學姊熱烈介紹幾十年前的書，他覺得自己似乎明白了什麼。恭一郎問扉子：

「學姊，妳會跟父母聊書嗎？」

「跟父親不太聊，跟母親倒是經常聊……不過很多時候我都跟不上她說的內容。因為家母的閱讀量遠遠超過我，她不是普通人的等級。」

扉子的視線望向遠方這麼說。連這位看起來不太普通的學姊都這麼說，不知道她的母親究竟讀了多少書。

「可是家母又贏不過外婆，外婆的知識量真的叫人驚嘆，不知該說了不起還是該說可怕。」

她的嗓音裡滲著恐懼。看書看到令人敬畏，這種人完全超乎恭一郎的想像。

此時，那位戴著太陽眼鏡的光頭男突然慢條斯理進入恭一郎的視線範圍內。

「價格標籤都夾好了嗎？」

光頭男以不像他會用的彬彬有禮語氣問扉子。他就是稍早進來會場上架商品的某店店員。恭一郎原本以為他是年輕人，這樣近距離一看才發現對方年紀已經不小，大概四十歲左右。

「正好做完了。」

扉子把書堆推向光頭男。這麼說來，她剛才就在幫忙寫價格標籤。她受託處理的書之中，那套《人間臨終圖卷》被恭一郎買走了。

「太好了，謝謝妳。」

對方對年紀比較小的扉子恭恭敬敬道謝；看來他的個性與外貌不同，很一板一眼。

光頭男以熟練的動作檢查完每本書是否都有價格標籤後，轉向恭一郎說：

「恭一郎，你知道社長在哪嗎？」

突然聽到對方喊自己的名字，恭一郎滿臉困惑。扉子小小聲告訴他：

「這位是虛貝堂的資深店員，已經在店裡工作很多年了。」

恭一郎想起扉子說「虛貝堂的委託」。這麼說來，祖父也說過「店裡的總管」連同他們祖孫倆一共三個人一起賣書，總管指的就是這位吧？恭一郎連忙鞠躬行禮。

「初次見面……」

「我們在康明先生的葬禮和尾七時見過……對了，是因為我戴了這個吧？失禮了。」

對方說完拿掉太陽眼鏡，露出一雙出乎意料的圓滾滾大眼睛。「啊！」恭一郎輕呼一聲。這位是在喪事現場和祖父家裡替大家奉茶、清洗杯碗，默默做著雜務的人，他還記得這個人在火葬場哭得很大聲。今天的打扮和喪服差太多，所以恭一郎沒認出來。

「對、對不起！」恭一郎連忙道歉。

「沒關係、沒關係，怪我沒有自我介紹。敝姓龜井。社長沒有跟你一起來嗎？他把藥忘在車上，我必須交給他才行。」

他口中的社長似乎是指祖父。恭一郎只聽到「藥」這個字。

「他的身體哪裡不舒服嗎？」

「嗯……畢竟社長年紀也有了。」

龜井說完，搔了搔眉毛。

「他現在看起來身形瘦削，不過以前很福態，很有精神，肚子有這麼大，個性也更開朗些……」他的雙手在腰圍附近比劃，接著說：「五年前他的幾個內臟頻頻出問題，也動過幾次大手術……社長他原本打算退休，讓康明先生接棒，卻沒想到還沒開口，竟是康明先生先走一步……」

大概是想起死者，龜井哽咽到說不出話來。恭一郎想起祖父拄著拐杖走路很勉強的姿態，已經看不出他精力充沛工作的樣子；或許是重要的繼承人死於癌症，使他不得不打消退休的念頭。

「可是我想他差不多準備把店收掉退休了。他曾說春季的活動或許是他最後一次參與。站在我的立場會覺得很遺憾，畢竟這個舊書市集是我們書店每年都會參加的重要活動，社長或許是打算利用這次機會劃下句點……話說回來，社長人到底在哪裡？」

大概是想到自己跟年輕的恭一郎他們透露太多，龜井硬是轉移話題。

「我想他應該在外面，好像在與文現里亞古書堂的五浦先生說話。」

「原來如此，謝謝。恭一郎，你可以幫我把這些插好價格標籤的舊書，放到那邊的架子上嗎？那邊還空著。」

他指著會場角落，二話不說地給出指示，說完就快步走出會場。

恭一郎按照龜井的要求把書擺到架上，腦子裡想著祖父的事──這次活動是祖父最後參與的工作──龜井的話在他的腦海中揮之不去，他感覺這件事似乎與祖父堅持賣掉父親的藏書有關。

「不好意思，可以借過一下嗎？」

有客人朝著書上架完畢後，仍然站在書架前的恭一郎身後開口說。

「啊，抱歉。」

恭一郎連忙讓出位子，仔細盯著對方瞧──鮮黃色毛衣套在臃腫身軀上──他就是恭一郎今天來找祖父之前，在藤澤車站撞到的中年男子。此人當時趕時間，或許就是為了來這裡。原來他也是熱愛舊書的書迷之一。

男子看來不記得恭一郎了。他站在書架前面，大略瀏覽過新上架的書之後，就把目光轉向一旁檯面上的紙箱。裡面塞著滿滿的薄冊子。

男人拿起其中一本，那本的封面畫著穿藍色外套的動漫角色，抱著穿禮服的新娘，底下的書名寫著「魯邦三世：卡里奧斯特羅城」，看起來是電影院賣的舊電影手冊。

原來舊書店也會經手電影手冊，恭一郎現在才知道。問問扉子或許會得知更多細節。恭一郎回到收銀檯，把上半身探向櫃檯內正要開口——

「學……呃？」

結果喉嚨發出奇怪的聲音。扉子剛才坐的椅子上不曉得什麼時候，變成穿著枯葉色西裝又板著臉的祖父。

「你要找文現里亞古書堂的女兒，她跟五浦去吃午飯了。」

祖父似乎看透恭一郎的意圖，以冷淡的態度回答。恭一郎默默無語走進櫃檯內側。此刻時間已經超過十一點，的確到了輪流午休的時候。恭一郎是百貨公司開門營業之後才來，所以午休時間跟其他人不一樣，其他人在更早的時間就已經抵達會場工作。

或許是因為接近中午用餐時間，會場裡的客人逐漸變得稀稀落落。坐在椅子上的祖父近距離凝視著站收銀檯的恭一郎，恭一郎感覺背後冷汗直流。這種氣氛下，他很難不開口說話。

「那個……」

恭一郎勉強擠出聲音，只見祖父不悅地挑了一下眉毛；光是這樣的反應就讓恭一郎想打退堂鼓，但他又不能不把話繼續說完。

「我聽說這次活動是你最後的工作，真的嗎？」

「你在說什麼？」

於是恭一郎吞吞吐吐說出從龜井那兒聽來的事。祖父聽著聽著，額頭的皺紋愈來愈深。

「龜井這傢伙沒事那麼長舌做什麼！」祖父啐了一聲，說：「我的確說過春季活動或許是我最後的工作，但我的意思是最後一次像這樣出門工作。而且這場活動也不是最後的工作，我們店從這個月到下個月中還計畫要參加其他幾場活動，我會讓龜井負責那些工作。」

「那把店收掉是……」

「是龜井搞錯了，我沒有打算把店收掉。如果龜井願意，我準備由他接手經營。他雖然工作會犯錯，但人品值得信賴……畢竟他已經在我們店裡工作二十年了。」

聊起員工，祖父的嗓音中有罕有的溫柔。祖父、龜井及父親他們三人之間，存在強而有力的互信關係。

一聽到虛貝堂沒有要收掉，恭一郎不知道為什麼鬆了一口氣；他明明在此之前都不曾與父親、祖父往來，這種感覺相當不可思議。

「我們店的確很看重這個活動，我也是，但康明對於這個舊書市集活動，比我更有感情。或許也是因為如此，他每屆一定都會參加，從不缺席。」

恭一郎第一次聽說這件事。

「為什麼特別看重這個活動？」

「藤澤舊書市集的活動，從我年輕時舉辦到現在，除了找尋便宜雜書的客人之外，從以前就以吸引愛書人齊聚一堂而聞名。整個湘南也只有這裡的聯合特賣書展會將主打商品印成型錄發給客人。很難講成功還是失敗，總之不是所有客人都接受同一套做法。康明第一次參與的活動也是這個……已經是四十幾年前了。」

「這樣啊……」

原來父親參與這個活動已經超過四十年——恭一郎正感到佩服，突然注意到哪裡有點奇怪。四十幾年前？父親康明過世時也才四十幾歲。

「爸爸他那個時候是幾歲？」

祖父摸了摸幾乎沒有頭髮的腦袋，似乎在回溯記憶。

「我記得是四歲或五歲左右吧……我最近的記性不是很好。」

不管是四歲還是五歲，差別並沒有很大，總之就是在上小學之前。

「你讓那麼小的孩子幫忙工作嗎？」

「別胡說了，才不是。當時是康明的母親……也就是你的祖母，我的妻子，正好身體不適，沒人能夠照顧孩子，我只好把康明一起帶來而已。」

祖父連忙解釋。恭一郎聽完鬆了一口氣。

「那孩子很乖巧，端坐在櫃檯內側的椅子裡，即使大人在旁邊招呼客人也不吵鬧，只是安靜待著，偶爾拿店裡賣的著色畫上色打發時間。那個時候的活動真的有很多客人，我根本無暇顧及他。」

「舊書市集也賣著色畫？」

恭一郎脫口而出問道。他很驚訝舊書店也賣電影手冊，沒想到舊書店會賣那些東西。

「因為我們也交易二手童書，那些都有舊書價值，所以擺在市集賣也很正常……慢著，這怎麼可能？」祖父突然雙臂抱胸，陷入沉思。「當時我們店裡的庫存有那個商品嗎？可是康明的確是從尚未上架的書堆裡抽出那本著色畫……這是怎麼回事？可惡，明明就快想起來了。」

祖父焦躁地提高音量說。恭一郎無法理解他的焦慮。只見祖父暫停動作，抽絲剝繭回想，最後還是放棄嘆息說：

「已經無所謂了。總而言之這個舊書市集對康明來說是充滿回憶的地方，只要沒有其他不得已的原因，他每年都會來這裡賣舊書……就像你現在一樣負責站收銀檯。住院時他也不停地在說今年要來參加。」

沉重的氣氛降臨在兩人之間。恭一郎不知道父親原來有說過那些話。或許父親最後的心願就是站在恭一郎現在在的地方，他突然感覺自己心中與父親存在某種連結。

「所以你才會選在這裡賣掉爸爸的書嗎？」

儘管父親本人已經無法到場，還是能夠把他的藏書帶來。父親對於這個舊書市集有特殊回憶，對客人一定也是。讓集合在這裡的舊書迷們買走父親的藏書，就好像是——

「好像祭品……」

恭一郎從腦子裡的字典抽出他覺得最精準的形容。祖父聞言微微睜大眼睛，顯然很驚訝。

「是嗎？祭品啊，那樣說也不壞。」

說完，他對恭一郎咧嘴一笑。「那樣說也不壞」的意思是恭一郎猜錯了祖父心中的想法。看樣子他把父親的藏書賣掉有其他原因。

「不好意思。」

突然有個尖銳的聲音打斷他們。櫃檯前面站著一位身穿米色大衣的中年婦女。恭一郎還在想好像在哪兒見過這個人，對方就把一本好像似曾相識的書扔在櫃檯上，就是那本《角川類義語新辭典》。對方是恭一郎來到這個會場後，賣出第一本書的客人。

「啊，是……請問需要什麼服務嗎？」

「這本書的扉頁上貼著藏書票，你們怎麼沒在價格標籤上標示清楚？」

對方的眼尾高吊，連珠砲似地抱怨。扉頁？藏書票？她當著困惑的恭一郎面前打開那本書翻到封底——那裡就是扉頁嗎？——那兒貼著一張郵票大小的紙片。

「就是這個，藏書票，的確有沒錯吧？」

那張小紙片上印著插圖，插圖不是真實的筆觸，所以不好分辨，畫的是三只並列的黑色瓶子，瓶子前面有上下顛倒的十字架，看起來有點可怕。

「這個藏書票的插圖很詭異，我想撕下來又撕不下來。你們看看這要怎麼處理？」

「呃……很抱歉。」

恭一郎戰戰兢兢回話。他也同樣覺得插圖詭異，但除了道歉外，他也不知道該如何處理眼前的狀況。面前這位跟他父母同輩的大人一副得理不饒人的姿態，使他的腦子一片空白。

「妳如果有帶收據，我們隨時都可以替妳辦理退貨。」

拄著拐杖的祖父不曉得什麼時候站到恭一郎的身邊，語氣溫和自在，態度與跟孫子說話時截然不同。婦人用食指指著恭一郎說：

「我哪來的收據！他又沒有給我！」

「啊！」

這麼說來，恭一郎不記得自己把商品和找零交給這名婦人時有給收據；雖然扉子有稱讚，他卻還是犯錯了。

「很、很抱歉……」

恭一郎正準備再次鞠躬道歉——

「原來如此，那麼我們就用敝店的價格標籤確認金額吧。」

祖父站到收銀機前，也就是婦人的正前方，以手肘輕推恭一郎，要他退開一步讓出收銀機，出面接手處理這個狀況。客人的視線因此從恭一郎的身上轉開。祖父打開收銀機的抽屜，拿出錢盤底下的價格標籤，一張張仔細查看。

「不是這個，也不是這個。請稍等一下，很快就能找到了。只要有價格標籤就能夠退錢給妳。」

恭一郎注意到祖父是故意放慢速度翻找，卻又不停說話，不讓客人有機會插嘴。客人的節奏被打亂，也只能沉默。祖父成功躲開對方的怒火之後，出手幫助陷入恐慌的恭一郎。

「不好意思，打擾一下。」

櫃檯前又有人開口。這次又怎麼了？——恭一郎做好迎戰準備，只見稍早見過的黃色毛衣男子帶著一臉歉意地站在那兒，抱著一本裝在塑膠袋裡的電影手冊。

「我想買這個，但是……」

他說到這裡，把電影手冊的封面拿給恭一郎看，那本是《哥吉拉ＶＳ碧奧蘭蒂》。封面上的哥吉拉眼看著就要被更龐大的怪獸咬住，那隻更大的怪獸大概就是碧奧蘭蒂吧？恭一郎小時候也看過好幾部哥吉拉電影，不過年代這麼久遠的作品，他不太熟。夾在封面左上角的價格標籤寫著五百日圓。

「書上有奇怪的塗寫。」

聽到客人這麼說，恭一郎這才看到張大嘴巴的碧奧蘭蒂上面寫著粗黑字，好像是英文字母的「G」。這是什麼？塗鴉？還是表示哥吉拉的哥？

恭一郎抬起頭，視線就與同樣不解的客人對上。

「光是這樣看，我不確定這個字是寫在塑膠袋外還是直接寫在手冊上。」

對喔——恭一郎心想，如果這塗鴉只是寫在塑膠袋上，很可能裡面的電影手冊沒事。

「如果不是寫在電影手冊上，我想買，所以我想檢查一下裡面。可以請你幫我打開塑膠袋封套嗎？」

客人說完，朝恭一郎遞出貼著無痕膠帶的袋口。恭一郎瞥了祖父的方向一眼，看到他已經找到辭典的價格標籤，正在用收銀機處理退款。只是要拆封查看商品狀況，應該不需要問過祖父、取得許可吧？

恭一郎拿起一旁的剪刀，隔著櫃檯小心翼翼剪開塑膠袋的頂端。男子拿出袋子裡的價格標籤與電影手冊，接著面帶微笑把封面拿給恭一郎看。手冊上沒有塗鴉，「G」字留在空塑膠袋上。

「手冊沒事！我要買這本。這部電影的手冊很罕見……我找了好久。」

「原來如此。」

男子熱情地說著，恭一郎也忍不住回應。這個人一定很愛哥吉拉電影吧。恭一郎看著對方拿給自己看的價格標籤，一邊打收銀機。

祖父已經完成退款，但仍在與那位站在收銀檯前的婦人說話。恭一郎必須從旁邊伸手打收銀機。

「不用袋子。」

男子從口袋掏出購物布袋，小心翼翼地把電影手冊裝進袋子裡。那個袋子偏小，因此書封邊緣稍微露出袋口。

恭一郎收下擺在零錢盤的現金並找錢給對方，這次他沒有忘記給收據。男子很有禮貌地道謝後離開收銀檯，跟旁邊那位說話語帶諷刺的婦人完全不同。

送走黃色毛衣的背影後，櫃檯內再度恢復安靜。退貨的婦人也已經離開，祖父再度坐回椅子上，渾身無力地靠在椅背上，彷彿力氣用盡般。恭一郎自責害了身體不好的祖父；假如他沒有犯錯漏給收據，那位婦人就不會那麼生氣了。

「剛才……」

「用不著道歉。」

恭一郎正準備開口，祖父低沉的嗓音搶先一步制止他。祖父已經恢復客人上門前的嚴肅表情。

「除了用公費預算買書的學者和作家之外，不要收據的舊書店客人很多，甚至有的店只要客人沒要求，就不會堅持給收據。為了這種小事來鬧的客人才有問題。」

「可是……」

「而且沒在價格標籤標示內有藏書票，是我們店的龜井的疏失。確實有規定書況必須毫不保留地寫在價格標籤上，但對方也沒必要為了這種疏失計較成那樣。做生意總是會遇到很多堅持小細節或過度反應的客人等……我剛才也說過，不是所有人都接受同一套做法。你現在只需要記住這些就夠了。」

恭一郎默默點頭。祖父說「現在」只需要記住這些，但恭一郎只會在這裡打工短短三天而已，他又不敢開口提醒祖父，因為他知道祖父是在安慰他。他翻開櫃檯上的《角川類義語新辭典》，看向印著瓶子和十字架的小紙片。

「什麼是藏書票？」

「就是書主貼在藏書上的紙。」祖父想也不想就回答：「始於中世歐洲，是用來標示這是誰的書的印記。有人會以高價交易年代久遠或具有藝術價值的藏書票，甚至有專門的藏書票收藏家。在日本則是藏書印——也就是蓋在藏書上的印章——的歷史比較古老，不過也有很多書迷使用藏書票。」

換句話說，這是辭典原本的擁有者貼的。對方是什麼樣的人呢？

「好奇怪的設計……」

旁邊突然有人開口。一張臉從身後探出來，恭一郎差點停止呼吸；黑框眼鏡和白皙臉頰冷不防地出現在他的右邊肩膀上方。扉子撥開遮住臉的黑髮，湊近看向類義語辭典。

她的距離近到恭一郎幾乎可以聽到她的呼吸聲，心臟不由自主加速跳動，櫃檯內的恭一郎連忙拉開距離。這位學姊果然如她自己說的，不懂得拿捏距離。

「午休時間還沒結束吧？妳吃午飯了嗎？」

祖父這麼問。扉子的視線仍然沒有離開那枚藏書票。

「吃過了。父親還在跟滝野先生說話，所以只有我先回來，因為我想把會場的書好好看過一遍。」

「是嗎……」

祖父回答的聲音有些僵硬，側眼抬望她的表情似乎帶著防備——可是，為什麼？

「這張藏書票的插圖，我好像在哪裡看過。」

「真的嗎？」

恭一郎問。扉子閉起眼睛，以食指按著太陽穴。

「沒錯，我記得是小學時在家裡偶然瞥到的某本書上，那本書叫什麼……」

「所以這是知名畫家的作品嗎？」

如果是專業畫家畫的，成品似乎稍嫌粗糙，不過既然有資格出現在書上，一定是某個高名氣的人吧。

「我記得不是畫冊也不是美術館圖錄……咦？」

扉子幾乎整個人趴在辭典扉頁上，把眼睛湊近看。

「這裡有字……」

她指著紙片的右下角。圈住插圖的白框上寫著沙子大小的英文字母「Y・S」。好像是人名的縮寫。

「這個可能是畫家名字的縮寫。」

恭一郎思索著。「S」和「Y」都是很常見的姓氏縮寫，有可能是佐藤、鈴木、山田、吉田等（註1），可以想到的姓氏數都數不完。

「這是藏書票，所以很有可能是藏書擁有者的名字縮……」

兩人瞬間反應過來，互看彼此。杉尾的縮寫也是「S」。

「Y．S……杉尾、康明。」

扉子喃喃說。這是杉尾康明──父親的藏書票，換句話說這本類義語辭典是父親的藏書。恭一郎不自覺看向祖父的臉，卻沒見他流露半點驚訝的樣子。這麼說來，他與扉子討論藏書票時，祖父也只是沉默聽著而已。

「你早就知道了？」

等了一會兒祖父才點頭，臉上的表情沒有變化。

「那張插圖的由來我不清楚，但我知道康明會把這張藏書票貼在自己的藏書上，這是他年輕時養成的習慣。」

祖父一邊說一邊拿起類義語辭典，把收銀機裡找出來的價格標籤夾在封面邊緣，放

註1：佐藤（Sato）、鈴木（Suzuki）的縮寫是S，山田（Yamada）、吉田（Yoshida）的縮寫是Y。杉尾康明（Yasuaki Sugio）的縮寫是Y．S。

進塑膠袋內，再用無痕膠帶和剪刀重新包得漂漂亮亮。既然書被退回來，就可以再賣一次。

「也就是說只要檢查藏書票，就能夠分辨哪些是康明先生的書，不是嗎？你之前還說分不出來，其實並非事實吧？」

（嗯？）

聽到扉子的問題，恭一郎感到納悶。進入會場之前，祖父確實說過——哪些是書店的庫存、哪些是他的私物，事到如今無人能夠分辨。可是當時聽到這句話的人不是扉子，是她的父親五浦才對。

「學姊，妳為什麼知道這段對話？」

「我聽我父親說的。」

話雖如此，恭一郎還是覺得很奇怪。五浦看起來不像會聊別人家八卦的人。這麼說來，五浦又是從哪裡聽到父親藏書的事情？

「你為什麼堅持要賣掉康明先生的藏書？康明先生並沒有留下這樣的遺言吧？」

扉子問。恭一郎對於扉子的改變感到驚訝，這個追問資深舊書店老闆的態度，與稍早之前的她簡直判若兩人，彷彿那個愛聊書的怪咖女高中生不見了，在眼前的是另外一位聰明成熟的女孩。

「恭一郎。」

似乎察覺到孫子的困惑，祖父低聲說：

「文現里亞古書堂接到你母親的委託，想要避免康明的藏書在這場活動被賣掉，希望讓你繼承。」

「媽委託他們？」

恭一郎懷疑自己聽錯了。自己的母親為什麼要委託一家舊書店做這種事？

「文現里亞古書堂經常受雇調查古書相關事件或解決問題等，大多都是無須去報警的瑣事。以前是這個小姑娘的外婆在做，現在是她的母親負責。我也曾經多次委託他們進行調查，這次的調查對象反而變成了我。」

這番話聽來像在開玩笑，扉子卻沒有半點打算否認的意思。

「那學姊妳也是……來調查的？」

「還不到調查的程度，頂多算是幫我母親跑跑腿，因為接下委託的是店長，也就是家母。」

她這樣回答完，停頓了一個呼吸後，再度面向恭一郎的祖父。

「你打算就這樣賣掉康明先生的藏書嗎？」

「嗯。」祖父面對會場的方向，語氣堅定地回答：「我只是想採取康明會覺得最理想的方式處理。我救不了自己的兒子，只能眼睜睜看他受苦，至少我能替他做這件事。」

從他顫抖的雙唇間隱約露出銀牙，他正在咬牙切齒。恭一郎心想，他在生自己的氣嗎？

「我再活也不久了，如果真的存在另一個世界，我希望見到康明時，他會向我道謝而不是埋怨……這是我現在唯一的心願。」

沉默降臨在他們三人之間。說老實話，恭一郎不是很懂祖父的意思，只知道祖父心意已決。

「所以你才想賣掉康明先生的藏書。」

扉子說。她的態度從頭到尾都很冷靜，似乎多少能夠理解祖父的意思。

「算是吧。我現在能說的就這些。」

祖父拄著拐杖，小心翼翼地緩慢站起。

「恕我失陪……我去後面吃藥。」

說完，他踩著沉重的步伐離開舊書市集的會場。

靠近正午時分，會場的客人變得愈來愈少。祖父的身影走出視線範圍後，扉子虛脫般地坐在椅子上。

「呼。」

她彎身弓背，雙肘靠在穿著裙子的膝蓋上重重吐出一口氣，彷彿想在地上打出一個洞。

「我不行了……杉尾社長好可怕……太可怕了。」

她自言自語說著，跟剛才自信滿滿的態度完全不同，感覺她突然變回稍早之前的她。大概是很疲憊，她甚至雙手掩面。

「我完全不知道自己在說什麼……他為什麼要把兒子的書……什麼叫『想採取康明會覺得最理想的方式處理』？」

啊，原來她也沒聽懂——恭一郎稍微鬆了一口氣。他原本以為只有自己特別笨。

「有那麼可怕嗎？」

扉子鬆開雙手抬起脹紅的臉，似乎對於自言自語被人聽見感到難為情。

「我是在模仿我母親逼供的態度……五分鐘已經是極限，再久一點我就沒辦法繼續裝下去。家母只要開關一開，個性就會真的變得不一樣……」

恭一郎不清楚這位學姊的母親平常是什麼個性，不過如果她逼供時是那樣，他不會想跟對方有牽扯。

「短短五分鐘就變了個人，我覺得已經夠厲害了。」

扉子害羞地低下頭，似乎不習慣被人稱讚。恭一郎也不習慣看到女孩子做出這種反應，所以不自覺地轉開視線，面向《角川類義語新辭典》。

「我沒有對你坦白，真的很抱歉。」扉子起立，再度鞠躬道歉。「這次的委託有很多我不是很清楚的部分，不過我可以確定一點，樋口學弟……」

「啊，是。」

「掌握關鍵的人是你。」

恭一郎張著嘴，無法消化扉子的話。

「想要怎麼做、怎麼行動，端看你的決定，你就是整個情況的核心。你要繼續透過這場活動把你父親的藏書賣掉，或是阻止杉尾社長，留下並繼承這些書……有權決定的人只有你，樋口學弟。」

「只有我……」

恭一郎不自覺重複扉子的話。感覺就像分明沒有上場比賽，球卻冷不防傳到自己的手上一樣。

「妳突然告訴我這些，我也不是很懂……」

一無所知——今天一整天，這個想法出現過幾次了？因為他的確一無所知，所以也束手無策。

「我也不知道爸爸希望我怎麼做。」

因為他不清楚死者的想法，情況才會變成這樣。恭一郎去醫院探望父親時，他們也沒有特別聊到上千冊的藏書該如何處理才好。

「那我們也只能找出答案了。」

扉子說得輕鬆。

「可是要怎麼找？」

「從愛書人喜歡的書、重視的書，就能看出這個人的想法。」

扉子自信滿滿地豎起食指。這還是恭一郎有生以來第一次聽聞這種理論。換言之只是同為愛書人的直覺而已，沒有什麼特殊根據卻又莫名合理。恭一郎覺得，了解父親想法的線索就在他的藏書中。

「杉尾社長離開得真久。」

扉子看向會場出入口。這麼說來，祖父說要去後面吃藥就走掉，已經好一會兒了。

「我去看一下。」

「樋口學弟，我去吧。你不知道這家百貨公司的員工休息區在哪裡吧？」

她說得沒錯，恭一郎去找人八成會迷路。只見扉子拿出智慧型手機。

「我想我父親應該就快回來了，有事聯絡我。」

說完，她要恭一郎拿出智慧型手機，把自己的手機號碼告訴他。她平常幾乎不使用社群軟體。

扉子離開後，恭一郎待在客人三三兩兩的會場裡無事可做，於是拿起退貨的《角川類義語新辭典》，準備把這本書重新放回書架上。

這是父親留下的藏書之一。待會兒又有其他人買走的話，他或許再也看不到這本書。父親的藏書應該已經賣掉好幾本了。

既然有辦法從父親喜歡的書、重視的書裡看出父親的想法，恭一郎應該要做的，就是阻止把那些書交到其他人手上。扉子提起這件事或許也是這種打算，她站在阻止祖父那一邊。

可是，離父親最近的祖父相信把藏書賣掉才是最理想的處理方式，所以恭一郎無論如何也無法說服自己挺身阻止祖父。

乃至於他事到如今什麼也不能做。

或許是平常太缺乏存在感，恭一郎不習慣做決定。也無法做出別人認同的選擇並付諸實踐。

「不好意思，方便打擾一下嗎？」

這個聲音很耳熟。恭一郎看到黃色毛衣男站在收銀檯前面微笑。他就是剛才買走《哥吉拉ＶＳ碧奧蘭蒂》電影手冊的人。恭一郎也跟著微笑。

「我忘了東西所以折回來，順便打算買下其他的電影手冊……」

他把兩隻手上的兩本電影手冊拿給恭一郎看，一本的深黑色封面上只印著標題「星際效應」。恭一郎知道這部電影，他記得是科幻片。

另外一本的封面上是哥吉拉背著小怪獸的照片，還有用紅字寫的大標題「怪獸島決戰　哥吉拉之子」。

「哥吉拉有小孩？」

恭一郎脫口而出問。小怪獸莫名完美的眼睛和類似眉毛的粗線，要說可愛也算可愛，但牠的身體顏色和體型都不像哥吉拉。

「有，這個孩子的名字是迷你拉。」

男子立刻回答，看樣子他是特攝電影迷。

「這部《怪獸島決戰　哥吉拉之子》電影是昭和哥吉拉系列的第八部作品。與早期的電影相比，內容十分適合兒童觀賞。特攝電影迷對這部電影的評價不高，但電影卻意外地拍得不差。故事的舞臺在某個南方島嶼，講述怪獸彼此的戰爭，哥吉拉父子的相處也是看點之一。」

「父子相處……是什麼情況？」

一提到哥吉拉，一般人只會想到破壞街道、與其他怪獸對決。

「就是哥吉拉教導兒子面對敵人的作戰方式。不過哥吉拉的態度一點也不溫柔，感覺牠比較像嚴肅又拙於表達的老派父親。哥吉拉最後打倒敵對怪獸後，就留下迷你拉獨自離去。」

恭一郎的臉頰抽了一下。儘管沒有感受到半點悲傷或不悅等負面情緒，但他還是不自覺就對父子分離的劇情過度反應，即使那已經是幾十年前的哥吉拉電影。

「哥吉拉就這樣丟下兒子離開嗎？」

「沒有，牠後來有回來，父子倆在那座島上一起生活，那段畫面也很感人……哎，我要說的是這本電影手冊有問題……」

「啊，抱歉。」

恭一郎連忙道歉。他很少像這樣過問太多。

「這兩本也跟剛才那本一樣有塗寫。」

聽到男子這樣說，站在櫃檯內的恭一郎凝神細看，發現夾著價格標籤的位置的確寫著黑色英文字母，《星際效應》那本寫著「E」，《怪獸島決戰　哥吉拉之子》寫著「F」。恭一郎回頭看向原本裝著《哥吉拉VS碧奧蘭蒂》電影手冊的空塑膠袋，上面寫著「G」。

原來其他幾本電影手冊的袋子上也寫著英文字母。

「為了謹慎起見，我想檢查這兩本手冊是否也只有塑膠袋上有塗寫。」

男子把裝著電影手冊的兩個袋口朝恭一郎遞出。恭一郎與剛才一樣，直接拿剪刀剪開塑膠袋封口。

「抱歉，有勞你了。」

男子一臉歉疚，正準備檢查《星際效應》，突然就從口袋裡拿出一張小紙片。

「對了，剛才那本手冊裡夾著這個。」

說完，他遞過來的是原本在《哥吉拉ＶＳ碧奧蘭蒂》裡的虛貝堂白色價格標籤。

「啊！」

恭一郎的臉色瞬間蒼白。他打收銀時忘記回收，因為他一心只記得要給收據，完全忘了最重要的價格標籤。學姊分明特別交待過一定要拔出價格標籤回收的。

「謝、謝謝你！你幫了我大忙！」

恭一郎鞠躬道謝，幾乎快把腰折斷。或許是恭一郎的反應太過誇張，男子有些困擾地低垂視線。

「這沒什麼大不了的。」

對店家來說卻是大事。少了價格標籤，計算營業額時會出亂子。雖然客人是為了買其他電影手冊，順手把價格標籤拿來還，不過恭一郎還是覺得這個人特地送過來的舉動很親切。

「我要買這兩本，裡面的電影手冊果然沒被畫到。」

男子拿出塑膠袋裡的《星際效應》和《怪獸島決戰　哥吉拉之子》放在櫃檯上。這次可不能再出錯了。恭一郎抽出電影手冊的價格標籤，把剛才看不清楚的金額正確輸入收銀機。

他收下書錢，把收據和商品交給客人，再把包括先前那張在內的三張價格標籤及一張千元鈔票順利收進收銀機的抽屜內。男子也把那兩本電影手冊收進自己帶來的偏小購物袋。恭一郎看到書的封面露出袋口外，提議要給他紙袋，男子卻說：

「我其實有帶放得下電影手冊的包包，只是剛才忘記我有寄放在櫃檯……」

男子把塑膠號碼牌交給恭一郎。稍早扉子在教收銀機的用法時，有提到客人會來收銀櫃檯寄放東西。手扶梯旁的看板上也寫著「攜帶大型隨身行李者，請寄放在櫃檯處」。恭一郎從身後的鐵架上拿出掛著與號碼牌相同數字的黑色包包，就是那種上班族出差會用、上面有很多拉鍊的大型公事包。

「就是那個。今天很謝謝你讓我買到好東西。」

男子把三本電影手冊收進公事包裡，微笑道謝後離開會場。

外面不曉得什麼時候開始下起雨。

豆大的雨滴接二連三打在會場的玻璃窗上。遠處的天空仍然明亮，所以應該只是一場陣雨。正好此刻會場內沒有客人。

剩下自己一人留守的恭一郎發起呆來。

今天這場舊書市集活動，發生的都是一些瑣碎小事，但他的心裡總覺得不安，好像有什麼必須小心的情況正在背地裡進行。

線索只有剛才裝著電影手冊的三個塑膠袋，以及寫在袋上的英文字母「E」、「F」、「G」。

那是什麼意思？某種排序？縮寫？商品排名？分類？話說回來他連到底是誰寫的都不知道。

恭一郎知道獨自顧店時不能離開收銀機，但他無論如何都想去確認看看。

於是他跑向會場角落，檢查紙箱裡的電影手冊，大略翻看後發現裡面沒有任何一本有寫英文字母。果然不對勁。

（掌握關鍵的是你。）

扉子的話猶言在耳。恭一郎平常不會主動找麻煩，但他現在似乎處於風暴中心，他能夠不去找出答案嗎？

回到收銀檯的恭一郎把那三個塑膠袋排在櫃檯上，交抱雙臂思考了一會兒，仍舊得不到答案。

此時突然有個影子出現在英文字母上。

「有意思。」

眼前不曉得什麼時候站著一名身穿黑色外套、戴著太陽眼鏡的女人。單單從她的灰色長髮和刻劃在臉頰上的皺紋來看，年紀應該很大了，可是她與恭一郎過去見過的任何一位老人都不一樣。

用意不明的笑容與挺直的背脊都讓人覺得這個人很不真實，要不是她開口說的是日文，恭一郎或許會以為她是外國人。不對，她也不像外國人，給人的印象更像是在異世界住了五十年的人。

「啊，請問您要結帳嗎？」

恭一郎不曉得自己的聲音為什麼變得卡卡的，不過他很快就發現對方不是要結帳，因為她手上沒拿任何書。

「我不是客人，硬是要說的話，應該算是……工作人員。」

她突然拿掉太陽眼鏡，專注地盯著恭一郎的臉瞧。她炯炯的目光讓恭一郎感到一陣寒意。略帶藍色的大黑眼珠雙眸似乎很眼熟。

「扉子回來的話，你立刻讓她看看這些袋子，把來龍去脈告訴她。最好別想靠你自己找到答案。」

她那自信的嗓音迴盪在會場裡。恭一郎不曉得什麼時候已經手心冒汗，感覺對方好像能夠看穿在這裡發生過的一切，以及自己上一秒還在思考的事情。但不可能有這種事啊。

這個人是誰？她提到扉子，或許她是文現里亞古書堂的人。但恭一郎覺得光是這樣還不足以解釋此人的言行為什麼如此神祕。

「最重要的是要把收銀機抽屜的價格標籤拿給她看，並且告訴她哪個英文字母的袋子裝著哪本電影手冊。比方說，這個塑膠袋裝的是哪一本？」

她伸出修長食指輕敲寫著「E」的塑膠袋。

「啊，是，我記得是……《星際效應》。」

對方像學校上課的發問方式讓恭一郎有些不滿。其他塑膠袋原本裝著什麼，他也都記得——「F」袋是《怪獸島決戰　哥吉拉之子》、「G」袋是《哥吉拉VS碧奧蘭蒂》。

「咦？」

抬起頭的恭一郎說不出話來。黑色外套老婦早已消失，會場裡只剩下他一個人，他懷疑自己是不是出現幻覺。

這時候扉子從入口處走進來。

「樋口學弟，抱歉讓你久等了。」

恭一郎的祖父杉尾正臣也跟在她身後拄著拐杖緩步出現，看來他們順利見到面了。文現里亞古書堂的五浦也一邊顧著杉尾一邊走過來。

櫃檯裡突然變得很熱鬧，但不是太擁擠。畢竟設置這個櫃檯時，有顧慮到要能夠容納某些程度的人數。

「發生什麼怪事了嗎？」

扉子問恭一郎。

（你立刻讓她看看這些袋子，把來龍去脈告訴她。）

他想起消失的老婦說過的話，那些建議分明來自一名陌生人，但恭一郎不知道為什麼總覺得應該要照做，另一方面他也是好奇自己找不到的答案，這位學姊真的能夠找到嗎？

「其實……」

他開始對扉子等人說明寫有英文字母的奇怪塑膠袋和三本電影手冊，連細節都沒忘記說。在他說明時，扉子的拳頭抵著嘴唇，凝視著粗黑的英文字母。

「袋子上原本就有這些英文字母嗎？」

五浦問杉尾。

「沒有，不是我們店寫的。會不會是有人惡作劇？」

恭一郎突然打開收銀機的抽屜——他想起黑色外套老婦的另外一個指示——拿出價格標籤給在場眾人看。寫著電影片名的三張價格標籤排成一排，上面的標價都是五百日圓。結果祖父皺起眉頭說：

「這兩張價格標籤有問題……恭一郎，你真的是用這個價格賣掉的嗎？」

他說完，指著《怪獸島決戰　哥吉拉之子》和《星際效應》的價格標籤。

「咦？啊，對。」

恭一郎記得收到兩張價格標籤合計的總金額一千日圓。祖父的表情瞬間變得更加可怕。

「電影手冊標價是由龜井負責……這或許是他的疏失。這個售價太便宜了，這兩本電影手冊的行情價至少是三千到四千日圓。」

「那麼貴？」

恭一郎差點尖叫。他也是現在才知道電影手冊的交易價格有這麼高，這不是比定價還貴嗎？

「還有更貴的呢，有些甚至要價幾十萬日圓。」扉子補充說明完，轉向杉尾說：「但這不是龜井先生的疏失，因為上週送到我們店裡的型錄上，刊登的是合理的價格，這表示他沒有弄錯這些電影手冊的價值。」

扉子拿起收銀機旁的薄冊子給三人看。冊子的綠色封面上印著「第六十屆藤澤舊書市集　特選舊書型錄」這幾個大字。這麼說來，祖父稍早也提過他們有「將主打商品印成型錄發給客人」。翻開型錄就會看到書名和價格的列表。客人就是來市集購買列在型錄上的書吧。型錄上較多幾千日圓價格的書，不過也可看到標價更貴的書。

「那這是怎麼一回事？」恭一郎闔上型錄問。

「這兩本手冊的價格標籤是偽造的，真的標籤被抽換掉了。」

眾人的視線全都集中在《怪獸島決戰　哥吉拉之子》和《星際效應》的價格標籤，白色紙面上印著「虛貝堂」，看起來與其他標籤沒有兩樣。杉尾湊近觀察被指為偽造品的兩張標籤。

「紙質的確有點不同，不過到底是怎麼仿造的？」

「眼前更重要的是找到犯人。爸，市集一開張就進來的黃色毛衣男人，有寄放一個大型公事包對吧？犯人就是他。」

恭一郎的心臟重重跳了一下。他雖然已經從眾人的對話中隱約察覺，但他還是無法相信事實；那個人看起來那麼善良，還很樂意為恭一郎講解哥吉拉的電影，是不是哪裡搞錯了？

「就算要找犯人，時間也過了太久，我想他早已離開這棟建築物，況且我們也無法鎖定他會去哪裡……」

「話是沒錯，不過……啊！」

扉子似乎想到了什麼，突然從連帽上衣的口袋拿出智慧型手機按了一會兒，接著她轉頭看向窗外。天空的顏色逐漸明亮，不過雨勢還沒有停止。

扉子在眼鏡後側的雙眼迸射精光，感覺與不到幾分鐘之前還在這裡的那位老婦有著相似的眼神。扉子剛才也說過自己在逼問祖父時是在模仿她的母親，可是現在的她生氣蓬勃的樣子，實在看不出來是在模仿，這副姿態也……不對，應該說這副姿態才是她的本性。

「爸，你現在就去最近的便利商店，如果他打算寄貨，一定要阻止他。」

寄貨？五浦不懂那是什麼意思，卻也沒多問就奔出會場。恭一郎也不自覺跟著他跑出去。即使無法靠自己想出答案，他或許能夠親眼看到答案。

恭一郎來到會場外面時，五浦的背影已經轉過走道的轉角，準備跑下樓梯。看樣子很難追上，但恭一郎知道他要去哪裡。

恭一郎盡全力衝到一樓，跑到百貨公司外面，淋著還沒有停歇的雨，在馬路上狂奔。十字路口對面的便利商店傳來物品碰撞的劇烈聲響。恭一郎通過行人穿越道正要衝進店裡。

「恭一郎，不要進來。」

自動門打開時，五浦尖銳的大喊讓他止步。面前的地上倒著咖啡相關的器具，杯蓋、牛奶和白糖也散落一地。

黃色毛衣男子被五浦扭著手臂壓制在收銀櫃檯面喘息，與聊著《怪獸島決戰　哥吉拉之子》時判若兩人。恭一郎不清楚事情的經過，不過看樣子是這個男人在店裡動粗，被五浦制伏了。櫃檯後穿著制服的店員正在打電話報警。

一段距離外還有一名身穿米色大衣的婦女臉色蒼白地站在那兒，就是那位拿辭典來退錢的客人。既然她在這裡，表示她也有涉案。

被壓制在櫃檯上的男人腦袋旁放著宅配用的平面紙袋。扉子說對了，他正要寄貨。男子注意到恭一郎在場，眼睛突然微微睜大，旋即苦澀地轉向一旁，就這樣直到警察到場前，他都不曾看向恭一郎的眼睛。

「聽說他們兩人是夫妻。」

在百貨公司的冰冷會議室裡，響起五浦宏亮的嗓音。

「我趕到便利商店時，女的正在交寄包裹，男的正要把某個東西丟進垃圾桶。我猜是真正的價格標籤吧。我叫他交出來給我，他就衝上來了。」

恭一郎和扉子、虛貝堂的杉尾和龜井，分別坐在附近的長桌前。這裡平常是工作人員的休息室，午休時間結束後的現在，沒有其他人在這裡。

那對男女已經被帶進警局，待會兒警察就會過來這裡了解事情的來龍去脈。

「為了制伏他，我沒找到真正的價格標籤。我本來打算找他的同夥問話，但警察已經先一步到場。總之，至少把這些拿回來了。」

五浦以下巴指了指長桌上的電影手冊。《怪獸島決戰　哥吉拉之子》和《星際效應》，旁邊還有寫著「五百日圓」的偽造價格標籤。

「我也想更進一步了解他們的手法。他們是怎麼做出這個偽造的價格標籤？怎麼與真品交換？這個做得很像真品。」

龜井輕敲偽造的價格標籤，表情顯得很沮喪。五浦朝自己的女兒瞥了一眼。扉子站起把另一本電影手冊《哥吉拉VS碧奧蘭蒂》放在長桌上。

「他們是利用事前取得的這本電影手冊的價格標籤進行偽造。彩色影印後，用立可白塗掉標題和售價，再重新影印一次，就得到空白的價格標籤，接下來就能隨意填上自己想要的書名和金額了。」

扉子把有虛貝堂店名的價格標籤，送到杉尾和龜井兩人手上；只要有真品就不難偽造，但這應該不是想做就能輕易辦到。

「《哥吉拉VS碧奧蘭蒂》的價格標籤是我忘記抽出來，不是他偷的……」

恭一郎插嘴說。扉子搖頭。

「樋口學弟，他是故意讓你忘記抽走。你還記得那個時候發生什麼事了嗎？」

「那個拿類義語辭典來退款的女人……」祖父杉尾以不悅的語氣說：「我以為她是

認為自己站得住腳，才那麼誇張地鬧事，原來是為了干擾恭一郎。」

「是的。」扉子回答：「同時也是為了轉移杉尾社長的注意力，不讓你發現旁邊的狀況。犯人是不是沒有讓你碰電影手冊？」

後面那句是在問恭一郎。這麼說來，剪開塑膠袋封口時，那位客人的手始終沒有離開手冊，從袋中取出手冊檢查狀況，也全都是客人自己處理。沒把手冊交給恭一郎，當然是為了避免恭一郎抽走價格標籤。

「他們當然也是算準了恭一郎是第一次在這裡打工，或者應該說，就是因為他們知道，才會選擇採用這一招。我想他們是偷聽到我們在收銀檯的對話。」

恭一郎愈聽愈覺得這手段真惡劣，但他還沒有上當受騙的真實感受；或許是這樣，他才沒有感到氣憤。

「偽造價格標籤的手法已經知道了，但他是什麼時候抽換掉真正的價格標籤呢？」

龜井問文現里亞古書堂的兩人。出面回答的是扉子。

「就是在收銀檯檢查手冊的時候。為了抽換價格標籤，他拿奇異筆在塑膠袋外寫上英文字母，製造藉口讓樋口學弟替他打開包裝封口。」

「這些英文字母也是那個人寫的？」

儘管知道他們就是犯人，恭一郎還是不免吃驚。那個男人滿臉困擾的演技竟是那麼真實。

「是的。電影手冊就放在會場角落，而且接近中午的時間客人很少。奇異筆藏在袖子裡就可以掩人耳目寫上簡單文字，之後只要去收銀檯找你替他拆開塑膠袋，抽換掉真正的價格標籤就搞定。」

恭一郎回想那個男人檢查《怪獸島決戰　哥吉拉之子》和《星際效應》電影手冊的過程。

（剛才那本手冊裡夾著這個。）

對方說完，把《哥吉拉ＶＳ碧奧蘭蒂》的價格標籤遞給恭一郎。他就是利用這招轉移眼前對象的注意，讓恭一郎疏於防範。

「可是在收銀檯前抽換價格標籤，商品售價會當著店員的面改變，不是會立刻被識破嗎？」

龜井似乎無法接受扉子的說法。扉子拿出兩個空塑膠袋放到他面前，就是寫著英文字母的塑膠袋。

「所以才要在袋子上寫『Ｅ』和『Ｆ』。」

扉子把偽造的價格標籤放入寫「E」的塑膠袋，直到E的最上面那一劃正好蓋住售價才停手，這麼一來就看不到數字了。

「樋口學弟，犯人拿著《星際效應》到收銀檯時，你看到的價格標籤是不是這個狀態？」

恭一郎忍不住站起。

「啊，對，就是這樣，就是這個狀態。」

不管是《星際效應》還是《怪獸島決戰　哥吉拉之子》，都因為英文字母那一橫的筆劃遮住，所以一開始就看不到售價。恭一郎沒想到價格標籤後來會被抽換掉，他完全沒注意到。

「對方利用寫字等招式遮住真正的價格，製造機會讓你替他打開袋子，甚至不需要寫上多複雜的文字，反而寫英文字母混淆視聽，不讓人輕易察覺他們的意圖。」

「那《哥吉拉VS碧奧蘭蒂》電影手冊寫著『G』是……」

「也是為了魚目混珠，再加上這個字母正好排在『E』、『F』之後，可以讓人以為有其他的意義在。」

事實上恭一郎也拚命想要找出這三個字母的意思，原來字母本身就是陷阱，「最好別想靠你自己找到答案」——黑色外套的老婦果然沒說錯。

這麼說來他還沒跟其他人提起那位老婦，他隱約覺得瞞著眾人比較好。

「但……他們選擇的手法也未免太費工夫了。」杉尾小聲說。

「既然夫妻倆裡應外合，直接用偷的不是比較快？其中一人分散店員的注意，另一人去會場偷東西，這樣單純多了。」

「這部分可能要怪我。」五浦說完，搔搔頭繼續說：「那個男人在市集一開張時就進來會場，但因為他的隨身行李太大件，而且他好像在檢查監視器的位置，所以我要求他去櫃檯寄放包包。」

這件事發生在恭一郎等人抵達會場前不久。那個男人因此把大公事包寄放在收銀檯。少了藏贓物的地方，就無法直接動手用偷的，況且電影手冊太大本，沒辦法藏進衣服下或放口袋。

「他們鎖定電影手冊偷，也真是傻子。」龜井嗤之以鼻說：「明明還有其他更好偷的商品，他卻偏偏選擇版型大的書。不過，也對，只有傻子才會做這種事。」

「我也是同樣想法，所以我猜那個人應該是有不得已的理由，才會鎖定電影手冊。」

扉子拿出智慧型手機放桌上，把螢幕秀給眾人看。螢幕上顯示的是某用戶目前在拍賣網站上架的商品。

那些看起來都是舊書，其中只有兩個商品標上了「售出」的標誌，就是《星際效應》和《怪獸島決戰　哥吉拉之子》的電影手冊。扉子打開《怪獸島決戰　哥吉拉之子》的交易詳情介紹，看到上架時間是三天前，而被買走是在昨天。

「慢著……」

杉尾伸出手，將畫面回到商品一覽表，凝神仔細檢查每本舊書。

「這是怎麼回事？」他語帶惱怒地說：「這裡上架的全都是這次型錄中的舊書。」

「原來用的是這一招啊……」

五浦似乎明白了情況。

「型錄是在活動開始前那週寄送出去，這傢伙拿到型錄後，將型錄中單價高的舊書上架到拍賣網站；雖然需要上傳照片，但只要不是太珍貴的書，在網路上多少都能找到照片。」

「可是就算他這麼做，也沒有商品可賣吧？如果真有買家下訂了，他打算怎……」

恭一郎問到一半就緘口。原來是這麼回事，只要有買家下訂，他就去偷，然後把書寄給買家。扉子點頭說：

「用這種方式偷舊書就能做無本生意。但要偷哪些書，不是他自己的選擇，再說如果書被現場的其他客人買走，生意就吹了，所以他無論如何都必須確保自己是舊書市集第一天早上第一個入場的人。」

恭一郎想起今天早上在藤澤車站撞到那位中年男子的情形。他那麼趕，是因為必須來這裡偷電影手冊。

「從他的交易紀錄看來，他很久以前就經常上架大量舊書，我懷疑他是不是也在其他活動場合採用同樣方式偷書變賣呢？他用來詐騙樋口學弟的手法流暢自然，我不認為這是他第一次做。」

恭一郎望著流利解釋一切的扉子，感覺與她之間的距離很遙遠；他原本以為她是怪咖學姊，或許只是腦袋太聰明，但扉子一聽完恭一郎說明來龍去脈，就已經解開所有謎團。

「你知道他們會去那家便利商店，是因為注意到他們在拍賣網站賣東西嗎？」

五浦開口確認。他對於女兒能夠解開舊書謎團一點也不驚訝，想必過去也發生過同樣狀況吧。

「他費盡千辛萬苦得手的商品，第一步一定是把書寄出去，不過當時在下雨，我想他應該不想去較遠的便利商店或郵局，冒著商品被淋溼的危險。」

這個猜測也正確無誤。一群大人按照她的指示行動，現在聚集在這裡聽她解釋，感覺一切都是以這位學姊為中心，不是恭一郎。

「可是我有一點想不通。」扉子對眾人豎起一根食指說：「那兩個人為什麼要承認自己偷了電影手冊呢？」

「什麼意思？」杉尾反問。

「因為，我們也不知道真正的價格標籤去哪裡了不是嗎？搜索便利商店現場或許也找不到，或者是找到了也無法辨認。再說他們兩人也是付錢買下手冊了，只要堅持自己沒有偽造價格標籤、是虛貝堂標錯金額，需要頭痛的就會是我們。我猜這也是他們採用這一招的好處之一，可是為什麼……」

她說得沒錯。這整件事表面上是正常的買賣交易，只要拿不出真正的價格標籤證明，處於劣勢的就是我方。可是現在卻這樣，沒有任何爭議就拿回電影手冊了。

「其實那兩人原本不認罪。」

五浦坦承說。在場所有人驚訝睜大雙眼。

「我在便利商店追問他們時，他們不願意配合，原本只能追究他們破壞便利商店物品的罪名，我們這邊的事情能否立案很難說，不過他們有案底，所以不至於無罪赦免。」

恭一郎現在才知道這些事情。在便利商店的騷亂平息後，五浦曾與黃色毛衣男談話，但恭一郎沒聽見他們的談話內容，只看到男人交出那兩本電影手冊。

「可是他歸還了電影手冊。」

「沒錯。」五浦的視線對上恭一郎的雙眼說：「我想原因恐怕是你。」

「我？」恭一郎一時反應不過來。

「直到你出現在便利商店之後，那個男人才突然不再反抗。過了一會兒，他主動說要歸還電影手冊。我不清楚他心裡在想什麼，不過他好像是覺得跟你聊電影很開心，而他是真的很喜歡那些電影。」

「偷舊書的人有很多以前原是舊書迷，所以他們反而更懂得商品的價值在哪裡。」杉尾補充說明。

「還說什麼聊得很開心，那人分明騙了恭一郎，胡說八道什麼呢！」

龜井壓抑不住內心的不滿。恭一郎的確上當被騙了沒錯，但他本人反而沒有覺得生氣，說實話，恭一郎也很高興聽黃色毛衣男介紹《怪獸島決戰　哥吉拉之子》，甚至想著改天要去找那部電影來看。恭一郎抵達便利商店時，黃色毛衣男不願面對他的眼睛那副苦澀的表情，或許不是偽裝。

「那麼這件事能夠平安落幕，都是多虧樋口學弟了。」

扉子笑著對恭一郎說：

「是你最先注意到英文字母很詭異並通知大家，否則這件事不會有人發現。學弟，你果然有特殊天分，能夠掌握事物關鍵。」

她的這番話好像很真心，可是恭一郎怎麼想都覺得電影手冊能夠找回來是扉子的功勞。他並沒有掌握什麼關鍵，不過他認為自己的確有幫上忙，所以有些開心。

「電影手冊沒有落入奇怪的人手裡真是太好了，尤其是這本……」

祖父打開《怪獸島決戰　哥吉拉之子》的電影手冊。那是拍給兒童看的電影，所以開頭幾頁是哥吉拉等角色的模型廣告，也貼著之前看過的藏書票，印著杉尾康明的名字縮寫Y・S。

（啊……）

原來是父親的藏書，恭一郎完全沒注意到。

「沒想到康明的藏書裡有這類作品……你早就知道了？」

祖父問。龜井點頭。

「是的。我也覺得很不可思議呢。」

他以感慨的語氣回答：

「康明先生不像會對特攝電影感興趣，只有這本電影手冊，他從以前就很寶貝。書況好壞先不論，裡頭還有一大堆塗鴉，所以只能賣得比市場行情價更便宜。」

「塗鴉……」

祖父喃喃說，似乎想到了什麼，小心翼翼翻過頁面，翻到後半的黑白頁時，突然出現藍色、紅色的鮮豔色彩。

書頁上印著大大的哥吉拉肩膀上扛著迷你拉的插畫，原本黑白線條的怪獸們被藍色水性筆之類的顏料塗得亂七八糟，角落還標示「本頁是著色畫」。

（偶爾拿店裡賣的著色畫上色打發時間。）

祖父的話在恭一郎的腦海中甦醒，那個父親小時候跟著祖父來到這個會場的故事。

虛貝堂儘管沒有賣著色畫冊，但賣電影手冊很合理，就像現在這樣拿出來賣。

「我想起來了……」

祖父帶著沙啞的嗓音說。

「康明當時拿這本電影手冊塗鴉。當時這本電影手冊還沒有舊書的價值，我就把這本給了他，隨便他看是要著色還是要做什麼都好……」

祖父以指尖緩緩滑過兒子四十多年前上色的墨水痕跡。仔細一看會發現他不只在哥吉拉和迷你拉身上著色，還用紅筆在兩隻怪獸的手上畫上有直條紋圖案的四方形。

恭一郎一看就知道年幼的父親畫的是什麼。愛書人的想法，從他愛的書上確實看得出來。

父親畫的就是書，哥吉拉父子正在搬書堆。他當時是參考會場內的大量舊書吧。他一定是把父親和自己看作是哥吉拉與迷你拉。

「那傢伙把這種東西保留了幾十年嗎？」

祖父的嗓音略帶哽咽。恭一郎心想，一直留在身邊也很正常，畢竟這本電影手冊是父親人生中第一本二手書。

「社長，康明先生的藏書，你真的打算就這樣賣掉嗎？」

龜井彷彿下定決心，終於開口。

「你說要拿來會場上架，即使我不明白原因，但我還是會照辦，不會有意見。可是沒必要連這種充滿回憶的書也交到別人的手上吧？」

恭一郎偷偷觀察龜井的表情，看來，即使他在虛貝堂工作多年，也不清楚祖父賣掉父親藏書的原因。

「現在照我說的去做就是了。」

在漫長的沉默之後，祖父以細小的聲音回答。

「不過這本電影手冊我要買下。龜井，替我保留。」

祖父撐著長桌緩緩起身。

「社長，既然這樣其他的書也……」

「這本例外。」他無情打斷員工的話，說：「康明經常說，等他不在後，他留下的書，有看到喜歡的就拿去做紀念……這本也是紀念品之一。」

他的解釋聽起來很像藉口，彷彿連他自己都不相信自己說的話。

「我再去會場看看，警察來了叫我一聲。」

說完，杉尾拄著拐杖離開會議室。剩下的所有人好一陣子都沒能開口，只聽著寂寥的拐杖聲逐漸遠去。

間章一・五天前

北鎌倉車站的方向傳來電車行駛的聲響。一到下雨天，聲音聽起來就有些不一樣。

在主屋玄關前送走委託人後，篠川栞子閉眼站在昏暗的走廊上，腦海中整理著委託的內容。

委託人名叫樋口佳穗，年紀是四十三歲，住在茅崎市，她的委託內容是要阻止前夫的藏書被賣掉。準備賣書的人是前夫的父親，也就是虛貝堂的老闆杉尾正臣。

「呼……」

想到這裡，栞子忍不住嘆氣。她大學時開始幫忙文現里亞古書堂的工作，從那時起就認識杉尾社長。等到她繼承父親經營的這家店時，杉尾也正好成為舊書工會的理事，她經常找對方商量事情，杉尾社長工作踏實又照顧人，十分受到眾人愛戴。

最近幾年他因身體不好，辭退了理事一職，與栞子碰面的機會也變得少之又少，栞子聽說他已經不再像過去那樣豪爽，也不再樂意與人往來。不過考慮到他的身體狀況和年紀，有這樣的反應也不難理解。

這次的事情或許有他個人的考量，樋口佳穗希望栞子好好聽他說明後，盡量低調讓事情圓滿落幕。栞子也打算按照樋口佳穗的要求去辦，但眼前令她煩惱的是她必須出國幾天。

她預定後天起要飛去英國，與當地的舊書業者做生意。國外的舊書交易是栞子的母親篠川智惠子多年來的工作，但在智惠子年過七十後，栞子開始替她分攤一部分，也因此她不在日本的時間愈來愈多。

反而是栞子的母親智惠子在日本的時間愈來愈多。她在距離北鎌倉不遠的藤澤市片瀨山買了一棟有書庫的別墅，打算近期內退休回日本定居。獨居的高齡者搬到女兒女婿一家子附近，也不是什麼新鮮事，問題是篠川智惠子這樣做的原因，不見得與一般人一樣只是為了安養天年。

她是脫離常軌的藏書癖，可以為了追尋夢幻舊書拋家棄子超過十年，而且能夠像看書一樣看穿他人的想法和情緒，這種能力帶給她至高無上的喜悅，沒人知道她究竟有什麼目的。

現在的栞子還無法明確找出母親的動機，她甚至感覺母親是為了阻止她找出動機，才會故意讓栞子離開日本。

關於母親的事情，再怎麼思索也無能為力，眼前還是先處理虛貝堂的事更要緊。

她打算在離開日本之前先與杉尾取得聯絡，但杉尾勢必會徹底避免與栞子接觸，所以她只能在舊書市集的會場逮住他。問題是栞子無法保證自己能夠在活動結束前趕回日本。

於是她決定讓丈夫大輔代替她去勸說杉尾。栞子已經事先知會過委託人佳穗，丈夫也會參與這件事，並徵得對方同意。大輔也欣然接受這項任務。

大輔這個人不怕麻煩，而且責任感很強，栞子覺得無論稱讚他多少次還是不夠，但北鎌倉的店務全由他一肩扛起的日子愈來愈多，再加上忙著參加舊書市集，栞子實在不希望繼續增加大輔的負擔。

如果可能的話，她希望多找一個人來幫忙。

橫須賀線的電車遠去，平交道的警示鈴停止。站在恢復寧靜的篠川家走廊上，栞子再度嘆息，接著她不發出腳步聲地走到女兒的房間前面停下。

「扉子，我可以進去嗎？」

不等回答，栞子已經拉開紙拉門。她平常不會這樣做，但她覺得自己今天需要表現強勢的態度。只見仍然穿著制服的扉子坐在書桌前，啪地用力闔上書，轉頭看過來。

「妳不要突然進來！」

扉子慌張地說，用袖子遮住原本攤開的文庫本。栞子雖然看不到書名，不過一看到旁邊放著鋼珠筆，她立刻就知道那是什麼書。

新潮文庫的《MyBook》。她大概是正在把剛才偷聽到的栞子與樋口的對話，寫進空白書頁裡。扉子以為那是只有自己知道的祕密，但栞子和大輔也都知道扉子在記錄這家店發生的舊書相關事件。這是從她的角度寫下的文現里亞古書堂事件手帖。

「很抱歉突然開門。」

栞子姑且先開口道歉。

「我有事要拜託妳，就是妳剛才在走廊上聽到的，樋口女士委託的事。」

扉子尷尬地皺著臉。每個人都說女兒很像年輕時的栞子，栞子其實也覺得很像，但女兒這種很容易把情緒寫在臉上的地方，就跟她不一樣。

「假如妳願意，我希望妳也來幫忙……前提是妳沒有其他計畫的話。」

「我是沒有其他計畫……春假也打算用來看書而已。」

栞子早就預料到她的回答，聽完感到心情沉重。扉子現在除了看書之外，不做其他事情，今天是學期的結業式，她也是一結束就直接回家，不參加班會討論，也沒有打算和朋友出遊。如果她本人希望如此那還無所謂，栞子國高中時也完全沒有社交生活。

但扉子的情況不同，她從小就對其他人不感興趣，只顧著看書。栞子夫婦心想既然如此，就教她透過書與人建立連結，結果扉子有了志同道合的朋友，慢慢開始對其他人感興趣。然而去年夏天梅雨季節剛結束，扉子獨處的情況變得愈來愈頻繁。

扉子與由比濱的「鼯鼠堂」書香咖啡館女兒戶山圭從小一起長大，也上同一所高中，但最近好像斷了聯絡。

基本上只聊書，對於其他話題不感興趣的女兒，具有無與倫比的洞察力，因此很容易在人際關係上闖禍。栞子從以前就很擔心這點，如今看來她的擔憂恐怕成真了。

聽說戶山圭也沒有跟父母聊過這件事。這個年紀的青少年只要不願意開口，就很難讓他們吐露心聲。話雖如此，栞子還是沒有私下進行調查；儘管擔心，她也只是在一旁遠遠看著，這樣的日子持續了快半年。

「你們需要人手？」

扉子靜靜地盯著母親的臉。表面上的各種裝模作樣，在這樣的眼神注視下都沒有意義，反而讓對方看透一切罷了。

「我後天要出國工作，虛貝堂的事情必須交給妳爸爸去談，但我不想太勉強他。」

「妳要我幫什麼忙？」

栞子沉默了一會兒。樋口佳穗委託的內容，基本上應該由大輔出面處理。需要女兒扉子幫忙的是活動的顧店和商品上架等一般工作，但栞子不認為扉子會乖乖地只做雜務。她只要看到與舊書有關的麻煩就會忘我地參一腳，到時候人在倫敦的栞子想阻止也阻止不了。

「我要妳仔細聽這件事相關人士們說的話。一旦有什麼發現，在採取行動之前，一定要向我報告。」

既然阻止不了，也只能提醒她理性行動了。扉子似乎在思考，雙眼閉上幾秒。

「妳的意思是要我與其他人好好溝通嗎？我最不擅長的就是……顧慮別人的心情。」

栞子點頭。在她開口解釋之前，扉子已經明白她的意思。獨自一人埋首看書不需要與人溝通，然而遺憾的是，扉子對別人太好奇，也太過深入去解讀別人的想法。沒人喜歡內心想法被看透，所以這孩子必須學會這種細膩的心理，學會如何與人類這種與書不同的存在相處。

「好，我會試試。」

扉子點了一下頭表示同意。

第二日・

樋口一葉

《通俗書簡文》

藤澤舊書市集進行到了第二天，從一早就盛況空前。

少了第一天的騷動，大批顧客擠進百貨公司的活動會場。營業額的數字當然也很漂亮，儘管忙碌，但或許這天能夠安穩結束。沒想到剛過下午兩點，天氣就出現戲劇性的逆轉。

原本晴朗的天空才剛布滿沉甸甸的烏雲，瞬間就下起豪大雨。與昨天的小雨不同，今天的天氣惡劣到猶如暴風雨來襲。

「不會吧，傷腦筋！傷腦筋！」

頂著鮑伯頭的嬌小女子，雙臂環胸站在窗邊大叫。

「怎麼了？」

抱著大本舊書在會場到處走的樋口恭一郎，停下腳步問。

商品的陳列位置，基本上是按照書店分區，不過沒有明確的分界線，所以有時客人拿起書檢查完後，常常會與其他書店的舊書混在一起。恭一郎被指派的工作，就是把那些舊書歸位。

「你看，整個會場裡都只有店員。客人如果不上門我就傷腦筋了，尤其對於像我們這種店來說！」

她仰望著天花板哀號。現在這時間的確是半個客人都沒有。這也沒辦法，不會有客人選在這種天氣特地上門來買不能弄溼的紙本書。

這位大聲哀嘆的女子姓神藤，年紀大約三十歲，經營店名很怪的「豆冬帕書房」。她身穿連帽上衣和瑜伽褲，打扮像剛結束練習的運動員；聽說她以前真的是田徑隊投擲項目的選手，擅長擲鏈球，所以現在上半身的肌肉仍然發達得驚人，很適合擺出雙臂抱胸的動作。

她發揮過人的體力，工作勤奮，對於每個人，包括第一次見面的恭一郎在內，也都很積極聊天，毫無隔閡，是個性開朗奔放的人。

「我們店的商品沒有刊登在型錄上，因為我們是體力型的舊書店，靠的是大量賣出便宜商品再大量進貨的薄利多銷方式經營。所以客人如果來得不夠多，我們就會賠本了！」

體力型舊書店——聽到這個陌生名詞，恭一郎感到困惑，但他心想那或許是專業術語。

「我第一次聽說『體力型舊書店』這種說法。」

戴著眼鏡的舊書店老闆輕聲笑了笑，默默把書陳列在一旁的架子上。原來那是神藤自己發明的詞彙。

眼鏡老闆姓滝野，是同名的「滝野書店」的經營者。聽扉子說，這位身穿黑色高領針織衫的纖瘦中年男子，是舊書工會分會的理事長，也在同行之間扮演協調者的角色。他與文現里亞古書堂的五浦似乎很熟。

「啊，樋口，那本書是我們家的。」

滝野接過恭一郎手上的大尺寸舊書。那本《聖火降魔錄 蒼炎之軌跡 設定資料集 TELLIUS RECOLLECTION 「上」》是老電玩的資料設定集。恭一郎沒想到舊書店也有賣這種東西，而且一本「上集」就要價一萬日圓，好像很貴。滝野書店專精的是電玩相關的書籍，架上就陳列著大量的舊電玩雜誌和攻略本。

「體力型這個形容不是很貼切嗎？我不擅長也沒時間一本本仔細檢查後標價，只好靠體力拚勝負了。」

「可是貴店的商品賣得很好，所以妳同意來參加這次的活動，也是幫了我們大忙。甚至有客人不遠千里而來，就是為了買豆冬帕的書。」

「他們為的只是我們店的定價很隨便，那也是我的弱點。不過我還是很高興能夠得到腦力型的滝野先生稱讚。」

「我被歸類為腦力型嗎？有能力供客人挖寶，對店家來說也堪稱優勢了。」

「不愧是分會理事長，十分八面玲瓏。像你一樣會稱讚我的，也就只有虛貝堂的康明先生了。」

恭一郎原本正準備默不作聲離開聊天的兩人，一聽到父親的名字，他轉過頭問神藤：

「妳認識家父嗎？」

神藤露出一口白牙微笑說：

「原來你是他的兒子啊。我剛開店的時候經常找康明先生商量，他也常請我吃飯。後來也會收購我們店沒在經手的書種。」

恭一郎藉由幫忙這次的活動明白了一件事——舊書店同行之間彼此關係深厚——所以神藤與父親有這樣的交情並不罕見吧？沒想到滝野反而面露驚訝。

「我都不曉得原來康明先生跟妳交情那麼好，難得他會與同行往來。」

「什麼？是這樣嗎？」

恭一郎驚呼。他知道父親沉默寡言，很難看出在想什麼，不過性子穩重，不會主動避開別人。既然是舊書店店員，應該很懂書，與他聊得來的人應該也不少。

「以前不同，以前舊書工會有很多人都跟康明先生很熟。我剛當上工會幹部時，教我工作的就是康明先生。直到他離家幾年後回來，才變得不與人說話。」

原來如此——恭一郎點點頭，突然愣了一下。

「你說『離家幾年』是什麼意思？」

他沒聽說過這件事。滝野像是說了不該說的事，表情暗下來。

「原來你不知情嗎……都怪我不小心說溜嘴。」

神藤也不驚訝，大概是原本就知道，這件事在同行之間或許很有名。恭一郎一語不發等著滝野繼續說明。滝野最後放棄掙扎，心一橫就開了口：

「詳細的情形我也沒聽說，所以能夠補充的不多，只知道康明先生曾經離開家好幾年，沒人知道他去了哪裡做了什麼，他也沒有跟任何人聯絡。你們家應該有去報警。」

也就是失蹤人口，不清楚是生是死的狀態。恭一郎完全沒有印象父親本人或母親曾經提起這件事。

「請問他是……幾年前失蹤的呢？」

瀧野一時之間猶豫著該如何回答。

「我想是十五、六年前。他在失蹤五年後，又出其不意地突然回來了。」

恭一郎臉上的血色盡褪。十五、六年前的話，也就是說父親是在恭一郎出生前後失蹤，直到離婚後才回來。

「謝謝你們。」

恭一郎向兩人道謝後離開。

過去他不曾問過父母離婚的細節，因為他直覺認為他們兩人都不想提這件事，所以恭一郎也不想過問大人之間複雜的過往；他不認為父母的離婚是外遇、家暴這類嚴重問題所造成，所以他以為顯然是個性不合。可是在孩子出生前後就拋下妻兒搞失蹤，離婚的原因恐怕很嚴重。

而且失蹤五年的人在妻兒離家後，才「出其不意」回來，這點也令人介意。這樣看來父親好像是一得知妻兒離開就回來了。倘若真是如此，他的生父就是數一數二的渣男。

「樋口學弟。」

突然有人拍他肩膀，恭一郎嚇了一跳。回頭看去就看到戴著眼鏡的長髮少女站在那兒。她穿著跟昨天一樣的紅色連帽上衣和長裙，這身打扮很適合她。她的大眼睛睜得老大，湊過來看著恭一郎的臉。

「你怎麼了？臉色不太好，是身體不舒服嗎？」

篠川扉子這麼說，摸了摸恭一郎的臉頰。恭一郎因為突如其來的接觸而渾身僵硬。

「你的臉頰好冰……咦？我不太確定，我的手很冰吧？到底是你的臉還是我的手很冰呢？你現在覺得冷嗎？」

她以冰涼的手指亂戳恭一郎的臉頰。除了妹妹以外，這是第一次有女孩子碰他的臉。被年齡相仿的女性這樣觸摸，恭一郎以為自己會更緊張或心跳加速，但面對這位學姊，他只覺得莫名想笑。這位學姊的與眾不同，反而安撫了他的心靈。

「啊，我沒事……妳找我有事？」

原本表情嚴肅戳著別人臉頰的扉子，這才總算把手放下。

「你要不要跟我一起去粗算收銀機的收入？」

等到營業時間結束後才進行收銀機的結算，稱為精算；粗算是在精算之前，提前檢查收銀機記錄的營業額，是否與收銀機實際收到的現金吻合。

「各店的收銀機類型和經營方式不同，所以粗算營業額的做法也有些微差異。不過我覺得趁現在先做粗算，精算時會比較輕鬆。」

扉子邊說邊數著挪到硬幣計算整理盒的錢幣和紙鈔，恭一郎負責念出收銀機列印出來的粗算用收據金額。收據上印著的數字顏色變得很淺，得花點功夫判讀。

接下來要統計抽屜錢盤下方的價格標籤金額，算出各店的營業額。滝野剛才說得沒錯，豆冬帕書房的價格標籤最多，其次是虛貝堂。「有藏書票」的標示很醒目，那些都是杉尾康明的藏書吧，主要是售價兩、三千日圓的書，其中包括好幾本「某某殺人事件」之類的書名。看樣子推理小說很好賣。

父親的書如祖父所計畫的，一本本交到了其他人手裡。當然不是所有藏書都會在明天結束的舊書市集上賣完，在五月之前，虛貝堂應該還會繼續參加其他活動賣掉那些藏書，想必將有為數不少的書被賣掉。

恭一郎覺得心裡怪怪的。假如父親真的是拋家棄子的人，恭一郎照理說根本不在乎那些藏書將流落到何方。

他偷偷看向扉子按著計算機的側臉。文現里亞古書堂是接下他母親的委託而採取行動，換句話說，這位學姊或許知道不少發生在他父母之間的事情。主動找自己來算帳，或許也是聽聞恭一郎與滝野的對話，所以有話想說。於是恭一郎開口：

「拋下家人失蹤好幾年的人，究竟在想什麼？」

營業額全部粗算完畢，正在收拾計算機的扉子聞言停下動作，低垂的目光中閃爍著陰影。

「你果然從滝野先生那兒聽說了。」

「啊，是。」

「我認為追根究底來說，他們只想到自己，可以肯定他們身為人的本質出了問題。」

聽到她超乎想像的嚴厲批判，恭一郎感到錯愕；原來不曾接觸過的人，對父親也有這種想法。

「那種人回到我們的生活裡，我們也很難與對方正常相處吧……可是我本人沒有那麼複雜的情感，只想直接問問當事人當時究竟在想什麼。我想這或許是因為我與家母不同，我不是直接的受害者，不過我相信外婆大概也有她個人站得住腳的理由……」

「嗯？咦？請等一下。」

恭一郎開口打斷扉子熱切的敘述。他覺得對話的走向好像有點奇怪。

「不好意思，妳在說誰的事情？」

「我的外婆。你不是從滝野先生那兒聽說了嗎？我外婆以前曾經失蹤超過十年。」

恭一郎被十年這個數字嚇到，比父親失蹤的時間多一倍。恭一郎連忙解釋情況，只見扉子的臉色愈來愈紅，她拿掉眼鏡，以手掌心遮住雙眼。

「是我誤會了，好丟臉……不好好聽人講話果然不行。我這個人就是這樣才經常出糗……」

「不是，都怪我說話的方式也有不對，不是學姊的錯。」

先產生誤解的是恭一郎。接著他開口問扉子關於自己父親的事，得到的回答是「我知道的跟滝野先生差不多」。現下他對扉子的外婆更感好奇。扉子說外婆名叫篠川智惠子，這麼說來昨天她也提過那位外婆很「恐怖」，知識量非比尋常。

總之，得知其他人的親人也有類似的狀況，儘管沒能緩和恭一郎對父親的負面想法，但多少使他恢復冷靜。

「我外婆是聞一知十的人……不，有些場合甚至什麼話都沒說，她就能夠知道對方在想什麼。我沒有她那種過人的洞察力，但我有時能夠比別人搶先一步掌握狀況。」

沒有那種過人的洞察力——這種說法不經意滲著自負——換言之她打算讓自己擁有

那樣的洞察力。看過扉子昨天解開電影手冊價格標籤之謎的樣子，恭一郎心想有那樣的自負也很合理。

「可是聽人說話也很重要，我想要盡量和身邊其他人多多對話。」

恭一郎想起她昨天也說過類似的話，她希望與其他人溝通。

「為什麼？」

「我太自以為懂，有時會讀錯對方的想法，因此我認為對話才能夠改變雙方的內在；即使無法達成共識，也一定能夠互相理解……我現在很努力在學著傾聽別人說話。」

恭一郎才一提問，扉子立刻給出答案，由此可知這是她長期以來捫心自問得到的結論，也是她想要與他人溝通的原因，同時也是給恭一郎的建議。傾聽對方說話——他已經沒有機會聽父親說話，但還是可以聽祖父、母親說話。應該說，這是唯一的辦法，因為恭一郎沒有「不用問就能理解別人想法」的能力。

（嗯？）

昨天出現在會場的黑色外套老婦突然掠過他的腦海。那個人完全沒有聽恭一郎提過任何事情，只看到塑膠袋就給出了建議。

當時她提到扉子的名字，那個人該不會就是篠川智惠子吧？

「學姊，昨天有件事……」

他的話還來不及說完，就注意到一個人影從會場外走進來站在收銀檯前。下這麼大的雨還有客人來嗎？——恭一郎這麼想，抬頭一看，瞬間僵在原地。

「你在這裡做什麼？」

站在他面前的是穿著風衣外套的樋口佳穗——恭一郎的母親。

母親說要找個地方談談，恭一郎就跟著她離開百貨公司，又因為下大雨的緣故，無法去太遠的地方，所以兩人去了車站大樓的連鎖咖啡店。

「我不是在氣你去幫爺爺的忙。」

面對面坐在小桌子前，佳穗以沒有抑揚頓挫的聲音說。換句話說她在生氣除此之外的其他事情；她只要一不高興，就會說出這樣的開場白。

「我只是希望你既然要去幫忙，直接坦白說你要去幫忙就好。」

恭一郎默默喝著咖啡歐蕾。最好是——他心想——如果真的坦白說要去幫祖父的忙，母親一定不會允許。儘管如此，他還是沒說出打工的事是祖父要求他不要告訴母親。

「恭一郎，你也不知道爺爺想要賣掉你父親藏書的原因吧？」

「嗯。」

「你真的覺得賣掉好嗎？再怎麼說有繼承權的人是你，那些藏書或許值不了多少錢，但數量一多，應該也有相當的價值。」

進入咖啡店後，從頭到尾都是佳穗單方面在說話，恭一郎只給予簡短的回應，他們母子倆平常的對話就是這樣。恭一郎升上中學後就不太與佳穗說話，偶爾有對話，也總是很表面。恭一郎有些厭煩母親管太多，但他也只是覺得沒必要每件事情都得向她報備，沒有其他不滿。

今天的情況卻不同。

「把上千本書拿回家，我也沒有地方擺。」

「你的意思是如果不是上千本，你會想要嗎？」

突然被刺中痛處，恭一郎的心臟緊縮了一下。

「或許吧……不過我已經拿到幾本了。」

說完他才想到完了。

「我知道，是那套《人類臨終圖卷》吧，山田風太郎的。」

恭一郎呼地吐出一口氣。

「妳怎麼會……」

他不曾當著母親面前看那套書。那套書的第一集現在就在包包裡，他打算休息時間看。

「昨天晚上爸爸看到你在客廳看，而且我今天早上看到你房間桌上擺著兩本。」

恭一郎根本等於是把書攤開在陽光下。他只注意要避免被母親看到，卻忘了防備其他人。那套書跟扉子推薦的一樣有意思，所以在母親下班到家之前，他徹底沉迷其中。

「那是很久以前的版本，我記得你父親以前也看過一樣的版本……所以我猜想你是不是跑來藤澤舊書市集買了他的書。爸爸叫我最好裝作不知情，我碰巧有事過來藤澤一趟，所以忍不住去了會場，就看到你果然在那裡。」

順帶說明一下，「爸爸」是指佳穗再婚的對象樋口芳紀，也就是恭一郎的繼父。他為人爽快善良，恭一郎不介意喊他爸爸，但多少有點不自在也是事實。

對於恭一郎來說，樋口芳紀是他懂事之後，不曉得為什麼經常來家裡玩的親戚大叔。以血緣關係來說，芳紀其實算是佳穗的表哥。當時佳穗和恭一郎兩人在茅崎租了間舊房子生活。

到了他七歲時，母親突然確定懷孕，恭一郎這才明白兩人已經交往多年。母親和芳紀隨後登記結婚，芳紀當然也把恭一郎當作兒子看待。

表兄妹結婚並沒有違法（註2），再說母親和繼父也沒有做壞事，恭一郎的幼小心靈都明白，但他還是覺得自己好像不小心目睹了大人們建立關係產生連結的過程，心裡很不舒服，而那股不舒服到現在仍然影響著恭一郎的心。

繼父察覺到這點，也與恭一郎保持一定的距離；他當然沒有獨寵婚後才出生的小女兒，而且無論何時都以父親的身份善待恭一郎，坦白說恭一郎對芳紀很感謝。

「妳為什麼堅持要我繼承那些書？」恭一郎主動問出進咖啡店之後的第一個問題。

「我聽說了失蹤的事。那就是你們離婚的原因嗎？」

佳穗驚訝地睜大眼睛，但也只是一瞬間，她旋即又恢復平常的冷靜。

「我就知道時候到了一定會有人提起……離婚的確是跟你父親的失蹤有關，但他失蹤也是有原因，不是故意的，他只是去一趟閱讀之旅罷了……」

「閱讀之旅……什麼意思？」聽到這個奇怪的詞彙，恭一郎忍不住反問。

「除了看書之外，你父親唯一的樂趣就是帶著因工作繁忙累積下來沒看的十幾二十本書，搭著慢車去旅行。不是去觀光，他會在火車上或投宿的旅館不停地看書，看完才會回來。聽說他從學生時代就喜歡這樣旅行。」

「不就是在外面看書嗎？」

恭一郎沒好氣地說。這種情況一般不會稱為「看書之外的樂趣」吧。

「妳居然有辦法嫁給那種怪人。」

這種人好像稱為「書蟲」，恭一郎聽扉子提過。

「因為我也愛看書，所以並不覺得哪裡不妥。你別看我這樣，我以前可是文學少女，大學也是上文學院，甚至考慮過當學者。」

「原來如此……」

恭一郎對這些一無所知。佳穗的上半身往前傾，繼續對恭一郎說：

「我的畢業論文主題是明治時代的女性作家，我經常跑舊書店找資料，其中一家是虛貝堂，我和你父親是在那裡認識，進而開始交往。他喜歡以前的懸疑小說，我們對書的喜好不同，但……互相推薦彼此喜歡的作品也成了一種樂趣。後來又過幾年，我們就

註2：台灣依據民法九八三條規定，六親等以內的旁系血親，如表兄弟姊妹、堂兄弟姊妹是不能結婚的。

結婚了。」

換言之母親以前也是書蟲。恭一郎第一次聽到父母相識相戀的過往，傾聽別人說話確實很重要，能夠有各種新發現。

「妳以前那麼愛看書，現在卻完全不看了。」

「你還小的時候，我忙著養小孩和工作，沒那種閒情逸致……而且有一陣子我甚至厭惡看到書，因為書會讓我想起自己最艱辛痛苦的那段時候。最近雖然不至於那樣了，但我還是無心在別人面前看書或與人聊書。」

恭一郎想起自己小時候，母親幾乎不曾念繪本給他聽，他也不記得母親有勸他要多看看書。這一定就是原因了。

「父親失蹤是在我出生前還是出生後？」

「在你出生前沒多久，就快足月，正在考慮你的名字、買齊必需品的時候。那陣子虛貝堂的工作正好也很忙，你父親太累，整個人極度憂鬱。我考慮到孩子出生後，生活將會更忙碌，所以叫他趁著有空檔，快去閱讀之旅。他搭乘東海道線出發前往神戶，過了好久卻都沒有回家，也完全聯絡不上。」

彷彿在說的不是自己的事，佳穗一鼓作氣地說完，才總算深深換了一口氣，喝下一口咖啡，試圖平復情緒。

「我們當然也有報警，但他的行蹤只到神戶就沒了……警方還查到你父親取消了原本計畫停留幾天的旅館，於是研判他或許是蓄意消失，而我也因為你已經出生，便無心繼續再找下去。」

「這樣啊……」

恭一郎回答。他真的好久沒有像這樣跟母親聊天。

「那個時候我們仍然住在虛貝堂的二樓，我生病了，那也是可想而知，畢竟身心都受創，變得脆弱到不堪一擊；杉尾社長和龜井先生都很照顧我，但我精神上已經無法繼續承受，所以某天突然就回了我母親在茅崎的公寓。當時我幾乎什麼行李都沒帶，只抱著你，就這樣再也沒有返回戶塚。」

「因為妳……在生父親的氣嗎？」

佳穗臉上的表情瞬間消失，抬眼望著遠方，彷彿在探索自己的內心。

「有點不一樣吧，我無法用言語解釋清楚自己當時的心情……我想就算我說了，你也無法理解。」

母親以生硬的語氣說。恭一郎有那麼一瞬間覺得面前這個人彷彿是陌生人，等到她再度開口時，已經恢復成平常的母親。

「總之我離開杉尾家，想要徹底忘掉康明，想要與杉尾家斷絕關係，獨自把你扶養長大……等到我身體恢復，開始工作之後，又過了三年終於辦完離婚手續。」

恭一郎追溯自己遙遠的記憶。在他懂事時，他們住在茅崎車站附近的公寓，他隱約記得外婆也一起。

「我記得我們後來從外婆的公寓搬出去，搬到小出川沿岸十分老舊的房子。」

「因為那間破房子房租很便宜……外婆她腦中風病倒後，就賣掉公寓搬進安養院，當時是我們經濟最困頓的時候。不過離婚確定後沒多久，杉尾社長來我們家留下一大筆錢，大約有五百萬日圓。」

比想像中還多的一筆錢。祖父要準備這麼多錢也不容易吧。

「我起初拒絕收下，語氣尖銳地對你爺爺說，我已經有康明替你取的名字，並不打算多跟他索討什麼。結果杉尾社長下跪希望我收下那筆錢作為補償，他說：『這一切都是我兒子的錯，事情才會變成這樣。』既然話都說成這樣了，我也不好拒絕，但也多虧如此，我們的經濟壓力才得以舒緩。」

恭一郎在腦子裡整理這段經過——父親失蹤後恭一郎出生，母親返回娘家；外婆病倒了，他們失去住處，只好搬家租房子；三年後離婚成立，後來收到爺爺的金援——恭一郎無法抑制對母親的同情。除了最後的經濟援助之外，其他全是悲慘的遭遇。

「父親後來回來了？」

「對。聽說是有人找到他……你那時候已經五歲了。我當時還沒有跟芳紀交往，不過他已經跟我表白了。」

最後一句話恭一郎裝作沒聽見。他能夠承受的真相還是有限度，光是吸收親生父親的過往已經夠他受的了，他不想知道繼父和母親的戀愛史。

「父親失蹤那五年在做什麼？」

恭一郎還是問出了最想知道的問題。他注意到佳穗咬了咬牙，儘管她剛才毫無保留，但這段是她不曾曝光的過去。

「康明發生意外。」

佳穗以沙啞的嗓音說：

「他喪失了記憶。」

與母親道別後，恭一郎沒有馬上返回會場。他需要讓自己冷靜下來。

話雖如此，但這天氣也不適合外出，所以他在白光照射的明亮百貨公司裡逛了好一會兒。館內幾乎不見顧客身影，氣氛像是已經要打烊了。

（康明他似乎真的什麼也不記得了，包括自己的名字。）

恭一郎回想著母親的話。據說康明當年抵達目的地神戶之後，改變了原本的計畫，繼續前往九州；他好像是搭遊艇過去的，不過詳細情況不清楚，總之他在海港附近散步時不慎落海，缺氧性腦症導致他出現腦功能障礙——這是醫院診斷的結果。

能夠確認他身分的證件全都跟著他的背包一起沉入海底，畢竟背包裡裝著幾十本書，這也是理所當然的結果。他出院後在戶政事務所取得新戶籍。他被找到時，是靠清潔打掃的工作打零工賺錢生活。

康明完全不記得佳穗，所以也沒人指望他們破鏡重圓。一方面也是康明本人的意思，希望發生意外的事愈少人知道愈好。聽說他的記憶直到過世都沒有恢復。

（我也看過醫師開立的診斷證明，可以確定他的確失去記憶了。但老實說我懷疑過……他真的直到最後什麼也沒有想起來嗎？）

恭一郎心想，有這種反應也很正常。康明對家人沒有記憶，他每年仍然會見兒子一面，即使見面的次數不多，他對於要見面一點也不排斥。兩人見面的對話不算熱烈，不過恭一郎可以感覺到父親很高興能夠見到他。

父親照理說也失去了昔日的書籍知識，他要如何重回舊書店的工作崗位呢？他會想要做一份自己完全沒有印象的工作嗎？

會不會他其實已經在某個時間點找回失去的記憶了呢？

恭一郎回到會場時已經超過五點。窗外仍是滂沱大雨，會場內也還是一樣不見半個客人。神藤、龜井及扉子正在替換架上的舊書，恭一郎沒看到五浦和滝野的身影，不曉得他們是不是出去了。

「恭一郎……」

櫃檯內側傳來祖父杉尾正臣的呼喚聲。他坐在放置隨身物品的架子前面的椅子上，目光銳利地看著恭一郎。

「聽說佳穗來了。」

「對……我沒說一聲就離開，對不起。」

「沒關係，反正沒有客人上門。」

他們兩人隔著櫃檯沉默地看著彼此。

父親康明失蹤後，痛苦的不是只有母親，想必祖父應該也是。兒子時隔五年才回家，卻不認得任何人，祖父有什麼感受？恭一郎很想問，卻沒膽子像問母親那樣直接開口。

「那個……」等到他終於鼓起勇氣出聲時——

「社長，你方便看一下這個嗎？」

穿著橫須賀夾克的光頭男龜井朝他們走來，將兩冊裝在書盒裡的硬皮精裝書放在櫃檯上。那是筑摩書房的《樋口一葉全集》一和二，兩冊書的書盒上分別印著「小說上」、「小說下」，由此可知內容應該是小說作品。

書的正面有虛貝堂的價格標籤，售價三千日圓，書名下方標示著「無月報 有藏書票」。所以這也是父親的藏書。

「沒想到康明先生也讀樋口一葉。」

扉子不曉得什麼時候已經站在旁邊，低頭湊近看著櫃檯上的舊書。她按著頭髮避免碰到書盒的動作，使恭一郎的心臟跳快了一拍。

「可能是佳穗送他或推薦他的吧，這是她喜歡的作家。」

「真的嗎？」

恭一郎問，杉尾旋即一臉無奈地說：

「你居然不知道嗎？聽說她大學時研究的就是樋口一葉。」

他想起稍早母親有提過自己的畢業論文主題是明治時代的女性作家，恭一郎至少也知道樋口一葉活躍於明治時代。

「樋口一葉死的時候是二十四歲，沒錯吧？」

他在昨天開始看的《人類臨終圖卷》中，正好讀到樋口一葉的卒年。祖父睜大雙眼，似乎很意外。

「沒錯。生於明治五年（一八七二年），死於明治二十九年（一八九六年）……也就是近代小說的發展期，她是當時可能成為女性職業作家的先驅之一，也是森鷗外、幸田露伴賞識的天才。你看過她的作品？」

一口氣提供大量情報的人是扉子。她似乎很喜歡聊這類話題，語氣中透露出雀躍之感。

「沒看過……她寫的是什麼樣的作品？」

「晚年的短篇作品篇篇都是佳作，不過最有名的還是《比肩》吧。內容描寫住在風月區附近的少男少女彼此若有似無的愛慕，文中對於登場人物的生活描寫十分生動……

有人說樋口一葉寫的是自己的經歷，因為她曾經為了賺錢，在風月區旁開雜貨店賣零食和日用品。」

恭一郎點頭聽著。《人類臨終圖卷》裡也有出現《比肩》這個作品名稱，也有提到樋口一葉在貧困中掙扎度日。

「單靠寫小說賺不了錢吧。」

「只靠不穩定的寫稿收入本來就很難維持生活，再加上她是年輕女性，又沒有受過高等教育……儘管如此，她還是受到矚目，卻在此時被疾病打倒。樋口一葉短暫的人生幾乎都在還債，這樣的人卻成了五千日圓鈔票上的肖像，實在很諷刺。」

「原來她就是鈔票上的人。」

恭一郎勉強想起了樋口一葉的長相，因為他看到紙鈔的機會還不少。

「五千日圓恐怕是樋口一葉活著時不曾想像過的金額，雖然當時的貨幣價值與現在完全不同。」杉尾冷冷一笑，顯然很不以為然。

恭一郎突然感到納悶——對了，為什麼會聊到樋口一葉？眾人看向龜井。

「啊，對對！五千日圓。我過來是要講這件事。」

龜井回過神來說，以熟練的手勢從第二集的書盒裡拿出書。

「剛才我發現這本書的袋子有點破掉，大概是上午來的客人弄破了。我要換掉袋子前順手檢查了一下，結果發現書裡夾著這個……」

他掀開下集的書頁，只見裡面夾著印有樋口一葉上半身的五千日圓紙鈔，鈔票上沒有半點摺痕和皺摺，狀態很漂亮，簡直像是才剛印刷發行的新鈔。

「書裡夾著這個？你這傢伙——」杉尾板著臉啐道：「你在標價時沒有仔細檢查書況嗎？居然犯這種菜鳥才會犯的錯。」

「對不起，我閃神了……」

龜井縮起寬大的後背道歉。看到他沮喪的模樣，杉尾似乎也覺得自己說得太過分。

「算了，是我在活動前夕才催你盡量把康明的近代文學藏書都拿出來……你多注意一點就是了。」

「這張五千日圓紙鈔，是康明先生夾的嗎？」

扉子問。杉尾摸了摸下巴說：

「應該是吧。可是他為什麼要把錢夾在這種地方……沒道理要藏私房錢吧。」

「藏錢的理由不重要，重點是這裡。」

龜井說完，指著印在「日本銀行券」上面的數字和英文字母——「Y00005

Y」。恭一郎瞠目。他不曾看過那麼多零排在一起的編號。

「稀奇的地方不是只有整排數字都是零，開頭只有一個英文字母也很罕見。這個英文字母和數字稱為流水號，每張鈔票的流水號都不同，當紙鈔發行愈來愈多，流水號就會不夠用，所以開頭的英文字母從一個字變成兩個字。一個英文字母的紙鈔稱為單字軌，光是單字軌的鈔票就很稀有了！」

亢奮的龜井愈講愈大聲，會場內的其他舊書店老闆也紛紛看向這邊。恭一郎此刻有一點不明白，稀有的流水號有什麼了不起的地方嗎？

「稀有的流水號紙鈔在收藏家之間很值錢。」

祖父解釋給他聽，恭一郎這才知道有收集紙鈔的收藏家存在。就跟收集電影手冊的情況一樣吧，每種領域都有各自的狂熱者。

「我對紙鈔的行情不是很清楚，不過這類紙鈔的交易價格有時可達幾百萬日圓，甚至可能更高。」

「呃……」

恭一郎說不出話來。那是遠遠高過紙鈔面額的價格，明明設計看起來與其他紙鈔一模一樣。

「拿去商店花掉，就只是普通的五千日圓吧。」

「沒錯，除非賣給收藏家才有很高的價值。需求多但供應少的東西，就多了稀有價值，跟舊書一樣。」

祖父拿起「Y000005Y」的紙鈔。

「康明是從哪裡得到這個的？」

「兩、三年前到府收購時。他去收購過世客戶的藏書，客戶的妻子拿出這個，希望康明先生一併買下。這紙鈔無法當作我們店的商品，所以康明先生自掏腰包買下當成私人物品。他拿給我看過，我還記得這些紙鈔一共應該有五張。這張的尾數是『5』，另外還有『1』到『4』的五千日圓鈔票。」

「也就是五張連號嗎？價值愈來愈高了。」

杉尾說。

「可是，另外四張在哪裡？」

扉子問。龜井瞬間沉默。

「我也不清楚……這麼說來另外幾張呢？在康明先生的房裡也沒看到。」

這時豆冬帕書房的神藤進來櫃檯內，目光停留在杉尾手上的五千日圓紙鈔。

「啊！那是我下午暫時扔在一邊的東西吧。我本來準備要問問虛貝堂老闆卻忘了，對不起。」

她鞠躬道歉完，從牆前長桌拿來一本舊書。那本藍色花紋的書封上沒有印任何文字，只有書脊上有《樋口一葉研究》的書名。恭一郎等人不懂她的意思。神藤語速很快地繼續說明：

「虛貝堂的各位外出吃飯，我和滝野先生負責顧店時，有客人拿這本書到櫃檯來想要檢查書況，我們拆開封套一看，發現書裡夾著一張漂亮的五千日圓紙鈔，結果客人沒有買書就離開了，但我們也不好把夾著錢的書放回架上繼續賣，所以我就順手放在這邊……」

「請等一下，神藤小姐。」龜井終於看準時機開口插嘴說：「社長手上這張五千日圓紙鈔，是我剛才在賣場發現的，夾在這套全集的其中一冊裡。」

他說著，指向《樋口一葉全集》一和二。聽完狀況後，這次換神藤露出不解的表情。

「可是這本書裡也有五千日圓紙鈔……」

她一邊說，一邊翻開《樋口一葉研究》，印著書名的薄和紙扉頁內側夾著一張沒有半點摺痕的五千日圓紙鈔。

「怎麼會？」

龜井和神藤同時驚呼。又找到一張五千日圓紙鈔！聚集在櫃檯前的眾人將兩張五千日圓紙鈔排在收銀機旁邊，後來找到的那張流水號是「Y００００３Y」。

「這是……」

恭一郎看著眾人的臉。與樋口一葉有關的兩本舊書中，各夾著一張稀有的五千日圓紙鈔，而且父親康明還有另外三張同樣稀有的五千日圓紙鈔，換句話說——

「快把架上與樋口一葉有關的舊書全數回收！」

「啊，我也去幫忙！」

神藤跟在跑開的龜井身後。恭一郎沒有追著兩人一起去，因為比起紙鈔，他更好奇留在櫃檯的舊書。他拿起靠近自己的《樋口一葉研究》翻開目次，這本書的內容包括「出現在一葉作品中的女性」、「關於一葉的日記」等與樋口一葉有關的文章。

他快速翻過書頁，來到最後的版權頁，上面印著「昭和十七年四月十五日發行」。

「昭和十七年是……」

「一九四二年。」

扉子立刻回答。她不曉得什麼時候已經站在櫃檯另一側看著《樋口一葉研究》。

「好久以前的書。」

恭一郎不自覺說出理所當然的感想。他對於那個時代的書能夠像這樣留下來也感到不可思議，在來到父親康明的手上之前，這書應該有過好幾任主人。在這場舊書市集活動上賣出去的話，它就會被交到下一任主人手上。祖父在提起這份打工工作時，也講過類似的話。

「的確是很久以前，不過這本書的發行是在一葉逝世將近五十年之後。一葉死於明治二十九年……也就是一八九六年。」

「那是新世社出版的一葉全集別冊吧，原本應該有書盒才是。」

杉尾坐在椅子上說。

「內容包括與一葉有關的人的手記、針對一葉撰寫的文章等，因為她的作品不斷被傳頌、被研究。」

「也就是說她的人氣很高嗎？」

聽到恭一郎的問題，祖父稍微想了一下。

「大眾對她作品的評價，多半著重在她將人物內心與場景描寫得十分優美，而且作品的主題通俗，不過最主要還是因為能夠喚起讀者的共鳴吧。一葉經常描寫受到陋習、貧困、家人與夫妻關係束縛而痛苦掙扎的女子。《比肩》是青春洋溢的作品，但我更欣賞《濁流》、《岔路》、《十三夜》這類，以成熟女性為主角的短篇，我尤其喜愛《十三夜》……」

祖父的話還沒說完就閉上嘴巴，似乎有些難為情，或許是不習慣老實坦承自己的感想吧。經營舊書店多年的他，恐怕也是十足的「書蟲」。

「我最喜歡的也是《十三夜》！」

扉子立刻舉手回應，杉尾露出苦笑。年齡相差甚遠的兩人居然有志一同，恭一郎也因此產生了興趣。

「那是什麼樣的故事？」

「主角是嫁給有錢大官的女子阿關。她長年飽受丈夫無情的家暴，到了農曆九月十三日這天，終於受不了逃回娘家，最後卻在父母的勸說下，不得不回到丈夫身邊。」

「好沉重的故事……」

恭一郎不自覺說出感想，扉子聽了也重重點頭。

「沒錯！就是這樣才令人印象深刻。女主角在返回丈夫身邊的路上，偶然遇到昔日兩情相悅的青梅竹馬錄之助；阿關雖然家境富裕卻被丈夫施暴，錄之助則是因為放不下對阿關的感情，從此自暴自棄，十分落魄。兩人都已經和過去完全不同。最後他們沒有說出對彼此的思念，在大馬路上道別，各自回到自己的地方。」

恭一郎低頭看著《樋口一葉全集》，書仍然翻開在夾著第一張五千日圓鈔票那一頁，正好寫著《十三夜》的結局。

來到廣小路就可以叫到車了。阿關從錢囊裡取出幾張紙鈔，用小張和紙輕輕包住，說：「阿錄哥，實在抱歉，這些錢請拿去買些鼻紙（註3）吧。咱們許久未見，心裡有許多話想說，但請體諒我無法說出口。我就在此告辭了。」

這段內容比想像中難懂，文章像古文一樣但很有韻律感，所以莫名就記住這些文字。這種感覺還是第一次。這一段似乎就是扉子提到的道別場景。紙鈔這個詞彙吸引住恭一郎的目光，主角送錢給從前心儀的對象。

父親把五千日圓鈔票夾在這一頁只是偶然嗎？

「我們暫且只找到這些。」

此時龜井和神藤拿著舊書回來。龜井抱著有書盒包裝、尺寸大到驚人的書，那是岩波書店的《樋口一葉日記 上・下》，外面包著塑膠套。

「書名寫著日記……連日記也會出版嗎？」

恭一郎很驚訝沒人在乎個人隱私嗎？

「作家的日記出版成冊在以前並不少見，知名文豪的日記大致上都會收錄在全集中，樋口一葉的日記在日記文學類的評價尤其高。」

祖父說得一副理所當然的樣子。價格標籤上的標價是兩萬五千日圓，而且果然有標示「有藏書票」。

「這個版本我也是第一次看到！這是樋口一葉十幾歲起寫的日記原文翻拍成照片製版的複製版沒錯吧！太棒了……」扉子的雙眼閃閃發光，她轉頭看向杉尾問：「我可以打開嗎？」

「請吧。」在杉尾回答的同時，扉子已經像收到禮物一樣動手撕掉塑膠封套，從書盒拿出布面書封裝幀的書快速翻閱。這本日記的內容是用毛筆的草書撰寫，恭一郎完全

註3：指擤鼻涕用的柔軟面紙。

看不懂。

「字果然寫得很美！樋口一葉也以擅長書法聞名，鉛筆在明治中期時尚未在一般庶民間普及，所以樋口一葉的親筆字跡是毛筆字……啊，找到了。」

原本滔滔不絕愉快說著那些知識的扉子，拿出夾在上冊接近中央位置的五千日圓紙鈔。上面的流水號是「Y00004Y」。

「這本也有。」

神藤從自己手上的硬皮書裡抽出紙鈔，流水號是「Y00002Y」。這麼一來就找到四張了，還剩下一張「Y00001Y」。恭一郎以眼角看著龜井等人排列在櫃檯上的紙鈔，又望向神藤拿來的書。那本書與《樋口一葉日記》不同，尺寸很一般，書名是《一葉擱筆——讀《通俗書簡文》》，作者是森真由美。

「這本書十分有趣，內容是在分析《通俗書簡文》。」

扉子笑著對恭一郎說明。講到書的時候，她的嗓音格外動聽，讓人很想一直聽下去。

「《通俗書簡文》是什麼意思？」

「那本是教人如何寫信的實用書。通俗在這裡的意思是『寫給一般大眾看的』書中有配合不同場景使用的範例，告訴你什麼時機寫什麼樣的信最適合。對於從前的人來說，寫信是很重要的往來方式，所以坊間出版很多這類的寫信指南，《通俗書簡文》也是其中之一。這是樋口一葉寫的作品。」

邊聽邊點頭的恭一郎聽到這裡還以為自己聽錯了。

「樋口一葉寫教人寫信的書？」

「是的。這是她生前唯一出版的著作。」

「什麼？小說呢？」

既然她是小說家，恭一郎以為應該會有小說出版。沒想到扉子搖頭說：

「她在文藝雜誌上發表過小說作品，但都沒有出版成冊。她寫這本寫信指南當然是為了維持生計，不過豐富的範例仍然展現出樋口一葉的文學才華。書中不是只有季節問候、祝賀、道歉信等一般場合的範例，也有很多不同於尋常場景的對應教學，比方說，告訴朋友自己的愛犬死了、勸退想要休學的朋友等。」

「書中最後的範例是寫給父親亡故的孩子的信。」祖父喃喃地說：「樋口一葉本人十七歲時父親過世，在那之後她不得不扛起家計，為生活掙扎。」

十七歲跟現在的恭一郎差不多年紀，他突然對那位只知道名字的遙遠時代小說家多了幾分親切感。

「嗯？等一下。」

祖父突然拄著拐杖緩緩站起，朝與神藤一起望著四張五千日圓紙鈔的龜井說：

「龜井，架上跟樋口一葉有關的書之中，沒有《通俗書簡文》嗎？我記得康明有一本，雖然是大正時代的再版書，但書況很好。」

龜井瞬間有些意外，說完「我去找找」就走向賣場。

「《通俗書簡文》的內容很充實，所以持續熱賣了幾十年。一方面或許也與樋口一葉死後才出名有關。」

扉子看著龜井的背影解釋給恭一郎聽。

「書況很好的實用書很罕見，即使是再版書，有時也有不錯的價值……好像吧？欸，我記錯了嗎？」

扉子愈說愈沒自信，於是杉尾替抱頭苦思的扉子打圓場說：

「樋口一葉的親筆信函、和歌短冊的人氣比較高，不過《通俗書簡文》因為最近少有書況佳的舊書，所以只要書封還在且書況良好，就算是再版書也很值錢，售價我會定在兩、三萬日圓。」

價格比想像中還要高。站在收銀檯前聽著他們對話的神藤皺著眉頭說：

「我在那本書上吃過虧。因為那本書的封面和版權頁都沒有樋口一葉的名字，在正文裡也只寫在不明顯的地方，我以為只是普通實用書，所以初版書只用三千日圓賣掉。客人後來非常開心把照片上傳到網路上，我才知道……」

「這種失誤常有，尤其是還年輕時。我們店的龜井現在也仍然偶爾會看走眼、估錯價，所以別放在心上。」

杉尾開口安撫，很不像嚴肅的他會做的事。恭一郎從昨天就有這種感覺——沒想到祖父居然很體貼。此時龜井垮著肩膀走回來，眼神莫名不安，似乎有些自責。

「賣場裡沒找到。」

「已經賣掉了吧。」

神藤說，扉子卻直言否定說：

「不可能。我昨天結算時，還有剛才粗算時，已經看過也記下所有的價格標籤，《通俗書簡文》還沒賣出去。如果有上架的話，一定還在賣場裡。」

她說得若無其事，但這兩天賣出大量舊書，應該有相當多張價格標籤，她卻只在結算時看過就記住了。而且除了恭一郎之外，其他人似乎不覺得有哪裡不對。

「不，那本書今天賣掉了。」

從意想不到的地方傳來聲音，轉頭看去發現滝野不曉得什麼時候出現在會場出入口。他剛剛去拿新商品，手推車上堆著繩子捆好的舊書。五浦也同樣推著手推車進門。

「我稍早打開收銀機時，有看到《通俗書簡文》的價格標籤，售價標得莫名便宜。我還跟五浦提到這件事，說標價很奇怪。沒錯吧？」

「沒錯。」

被尋求同意的五浦點頭。聽到「售價標得莫名便宜」時，龜井瞬間臉色發青。

「怎麼會……」

扉子打開收銀機的抽屜拿起錢盤。各店的價格標籤已經用迴紋針固定好收在那裡。最上面只有一張虛貝堂的價格標籤。

《通俗書簡文》博文館
二五〇〇日圓
有藏書票

扉子一把這張價格標籤放在櫃檯上，會場立刻一片死寂，所有人都轉頭看向龜井。龜井低著頭蜷縮起身軀，連光溜溜的腦袋都失去血色。

「龜井……你又犯這種失誤……」

杉尾深深嘆氣。

「對不起，社長……我是覺得有點奇怪，但我以為只是普通的舊實用書……」

他以快哭出來的聲音道歉。在業界服務二十年的龜井，也會犯下神藤剛才提到的看走眼失誤。

「真是的，讓客人賺到不少。」杉尾小聲地抱怨，但他的聲音中隱約帶著笑意。「下次多注意點。」

他打斷龜井沒完沒了的道歉，將話題就此打住。

一旁的恭一郎對五浦和滝野解釋剛才發生的事情，也就是康明把以前得到的五張稀有五千日圓紙鈔分別夾在不同的樋口一葉相關藏書裡，最後一張鈔票已經跟著《通俗書簡文》一起賣掉了。

五浦聽完後，突然開口說：

「扉子，怎麼了？」

扉子從剛才就沒有離開收銀機。她不曉得什麼時候抽出了明細表，似乎是在檢查收銀機的紀錄，現在正在把它捲回原狀。

「學姊？」

恭一郎也出聲。在漫長的沉默過後，她終於做出決定，開口說：

「各位請聽我說。」

眾人的視線集中在眼鏡少女身上。恭一郎覺得好像有什麼壞事要發生了。

「我檢查過收銀機的紀錄後，確定《通俗書簡文》應該是賣掉了。打收銀機的人是誰？」

沒人回答，眾人只是困惑地看著彼此的臉。情況不對勁，如果沒人打收銀機，就不會有紀錄。

「我和樋口學弟在粗算收銀機營業額時，《通俗書簡文》還沒賣掉。在那之後，這個會場裡就沒有客人進來了。」

恭一郎屏住呼吸，換句話說——

「是我們當中的某個人，以便宜的價格買走賣場裡的《通俗書簡文》嗎？連同那張五千日圓紙鈔。」

杉尾依序看過在場所有人的臉，同時以尖銳的聲音說：

「下午沒有客人上門，所以櫃檯內多數時候都沒人在，包括我也是。所有人都在會場進進出出，不會注意到彼此什麼時間在哪裡做什麼，隨時都可以偷偷使用收銀機。」

他勾起嘴角冷笑。

「這本書已經讓這位同行賺了不少，這人還不打算出面承認，雖說標錯價是龜井的失誤，我也不好追究，但這樣做人不會太過分嗎？」

尷尬的沉默瀰漫在會場之中。五浦面向女兒說：

「扉子，明細表上打收銀的時間是什麼時候？」

「因為收銀機的墨水變淡，明細表上的數字有些印不清楚，所以老實說看不清楚確切的時間，只知道發生在粗算之後。我在粗算時本來想要補充墨水，後來一個閃神就忘了。」

恭一郎也有注意到收據上的數字變得難以判讀，而扉子之所以忘記補充墨水，是因為恭一郎提起自己的父親。這下子更難鎖定買書的人了。

「對了，不是有監視器嗎？」

恭一郎想起手扶梯旁的引導立牌寫著「現場設有防盜監視器。攜帶大型隨身行李者，請寄放在櫃檯處」等注意事項。想不到滝野尷尬地搖頭說：

「那是假的。這個場地平常是辦活動的空間不是賣場，所以沒有設置監視器。只要在注意事項上那樣寫，多少能夠達到嚇阻偷竊的作用。」

在場眾人都沒有驚訝反應，看樣子除了恭一郎以外的所有人都知道這件事。

恭一郎環顧圍繞在櫃檯附近的大人們。在這些人之中，是誰帶走《通俗書簡文》和五千日圓紙鈔呢？當然所有人的舉止看來都很正常，也都很同情犯錯的龜井。可是他們之中有人是公然在說謊，這點比起想得到珍貴的舊書和紙鈔更叫人害怕。

（嗯？）

恭一郎的腦子裡突然湧現單純的疑問，開口問扉子：

「買走書的人，想要的是《通俗書簡文》？還是那張五千日圓紙鈔？」

「一開始的目的當然是書，因為那個人沒道理知道書裡夾著紙鈔。」

扉子立刻給出了答案。原來如此，問題解決了……不，也不一定是這樣吧？恭一郎拿起《樋口一葉研究》。

「可是這本書之前是就這樣夾著五千日圓紙鈔，隨手放在櫃檯內，對吧？看到這本書，那個人應該會知道樋口一葉的書裡夾著少見的五千日圓紙鈔，不是嗎？」

「除非那個人事先就知道還有其他紙鈔存在，但曉得這件事的只有龜井先生。萬一是龜井先生想要這些紙鈔，他只要直接從書裡抽走就好，用不著聲張。」

「慢著！我才不會做那種事！」

龜井臭著一張臉出聲抗議。他的確沒有偷走五千日圓紙鈔的意圖，畢竟第一個發現紙鈔的就是龜井。

「所以那個人的目的是書。當然這種時候最重要的是，那個人知道《通俗書簡文》是樋口一葉的著作……咦？」

扉子說到一半突然大叫，接著就像雕像般靜止不動，連耳朵也漸漸泛紅。

「怎麼回事？妳有答案了？」

聽到杉尾的聲音，她才回過神來吐出一口氣。

「沒事……那個，與其說我有答案……算是有……吧？」

恭一郎不懂她為什麼以無奈的眼神看向自己要他接話，突然這樣他很困擾。於是龜井終於受不了了，開口說：

「社長和扉子別再說了，一切都怪我。不管是誰買走書都無所謂吧？反正不是失竊就好。」

「我也持相同意見。」滝野點頭說：「只要不是犯罪，自己人內鬥起爭執未免太傻。這件事就到此為止不是很好嗎？」

「嗯，的確。我懂你們想要找出答案的心情，但鎖定買書的人也沒有實質的助益。」

神藤也是同樣意見。恭一郎對於扉子的反應很在意，就像祖父說的，她一定是有答案了，但那個答案卻令她難以啟齒，而且她顯然也很驚訝。她不要緊嗎？恭一郎這才發現不只自己，五浦看著扉子的表情也滿是擔憂。

五浦對上恭一郎的目光，朝他微微一笑，恭一郎也尷尬地回以微笑。兩人同樣在擔心扉子，因此彼此能夠領會對方的心情。

恭一郎突然聽到清喉嚨的咳嗽聲。

「不要繼續追究犯人的確比較妥當。」

扉子抬起頭對眾人說。她已經恢復平常的她。

「不過，我相信那張五千日圓紙鈔會回到會場來，而且就在今晚。」

在場的舊書店老闆們全都愣在原地。

後來直到打烊，什麼事都沒發生。

結束所有工作後，恭一郎從工作人員出入口走出百貨公司外，發現雨勢減緩了。氣象預報說明天將是晴天。

扉子只說完「我回去了」就比任何人早一步走向車站驗票口。五浦和滝野說接下來要去喝一杯，於是把車子留在停車場；聽說他們待會兒要跟去某處工作的文現里亞古書堂店長會合。

「我也可以一起去嗎？好久沒見到栞子了，我也想見見她。」

說完，神藤也跟著五浦他們一起離開。恭一郎目送杉尾和龜井開車返回戶塚後，只剩下他獨自一人，但他沒有走向藤澤車站的驗票口。

他走到百貨公司後方的麥當勞吃飯打發時間。稍早在舊書市集結束前，他的智慧型手機收到扉子傳來的簡訊──『我打算今晚去會會買走《通俗書簡文》的人。你在一個小時過後回到百貨公司的員工出入口，別被其他人發現。』

恭一郎按照指示，準時在一個小時過後前往百貨公司員工出入口。撐著塑膠傘的扉子已經在等他。紅色連帽上衣加上白色丹寧夾克，這打扮很適合她。

「我們去會場吧。」

她只這麼說完，就打開員工出入口的門。她的父親五浦已經跟百貨公司報備過，所以他們只要出示入館證，保全就會讓他們進去。除了逃生出口燈之外，館內的所有照明幾乎都已熄滅。他們利用智慧型手機的手電筒走樓梯上樓。

「今天謝謝你。」

走在前面的扉子突然這麼說，她的聲音和腳步聲迴盪在建築物內。

「嗯？謝什麼？」

恭一郎完全想不到自己被道謝的原因。

「你問我買書者的目的是舊書還是紙鈔，還記得嗎？我也是因為這樣才有機會整理想法、想出答案。引起不必要的騷動，我覺得非常丟臉。」

扉子當時的怪叫聲還殘留在他的耳裡。

「這話是什麼意思？」

「就像我說過的，買書者的目的不可能是為了得到那張五千日圓紙鈔，那個人想要的是《通俗書簡文》，以低價買進也不是那個人的目的，我就是因此找到答案。」

「可是那個人的確是用便宜的價格買到書的吧？價格標籤可以作證。」

「對，那張價格標籤。」

扉子的聲音在樓梯間聽起來格外大聲。

「犯人完全沒有必要把價格標籤留在收銀機裡，想要《通俗書簡文》又不被追究，對方大可直接把價格標籤扔掉就好，雖然這麼一來收銀機的金額會對不起來，但也頂多會有這個問題而已。倒不如乾脆用偷的好了，反正都要把書偷偷帶出賣場，價格標籤出現在收銀機裡反而不自然。」

「也是……」

故意留下便宜買進的證據，的確不自然。

「價格標籤會出現在收銀機裡，是因為那個人只是照著一般程序買書而已，不覺得有必要掩飾。」

「也因此那個人在五千日圓紙鈔的騷動發生，外加發現那本書的售價訂得過低之後，沒辦法站出來承認。」

「對，可想而知，那個人無法還回五千日圓紙鈔與《通俗書簡文》，不是因為貪財，而是有其他原因。總之可以確定的是，買書的人也沒想到售價太便宜，也就是說那個人不知道《通俗書簡文》是樋口一葉的著作。」

抵達五樓的扉子兩人走向會場。恭一郎凝神看著走道前方，發現稍早關閉的會場大門此時開著。

「不知道的其中一人是樋口學弟你。可是粗算完營業額後，你就外出去跟你母親談話了。在你回到會場之後，也沒有機會獨自接觸收銀機。所以只剩下另外一個人……」

恭一郎他們從開啟的大門走進沒開燈的會場。櫃檯前站著身穿橫須賀夾克的光頭男。在昏暗的室內他沒戴太陽眼鏡。

「你們好慢。」虛貝堂的龜井說。

「要等大家都離開了再回來可沒那麼容易。誰叫扉子說要在今晚歸還呢。」

龜井說完露出笑容，橫須賀夾克的肩膀上沾著水滴，看來他急得沒空撐傘。

「啊，趁我還沒忘記，必須趕快放好。」

他從長皮夾拿出包在塑膠袋內的紙鈔擺在櫃檯上。窗外的黯淡燈光隱約照亮樋口一葉的臉。雖然看不見流水號，不過這張一定就是「Y00001Y」了。

「為什麼這張紙鈔會在龜井先生手上？」

三人當中，只有恭一郎還沒搞懂真相。

「這張紙鈔直到剛剛都不在我手上，我剛才去拿回來的。」

龜井似乎不覺得自己有錯，回答完看向扉子。

「至於到底是什麼情況，扉子，妳已經全部想通了吧？」

「大致上都推理出來了，不過你能夠代替我解釋一下更好，畢竟我的答案純粹是推測。」

「嗯，那我就從頭開始說起吧。」

進入櫃檯內側的龜井，坐在幾個小時前杉尾坐過的椅子上。

「那本《通俗書簡文》是別人委託我買的。仔細想想，那本書的作者的確是樋口一葉，但我一時之間忘了，而且對方委託時只提到書名，可能以為無須說明我也知道吧。唉，這也難怪。當然我事前完全不知道裡面夾了五千日圓紙鈔，而那個人也沒注意到。」

「所以你們剛才約好碰面，你去把這張五千日圓紙鈔拿回來嗎？」

「對，對方專程送到車站前面給我。我都快忙死了，要送社長回戶塚，又要趕搭東海道線去茅崎，再回到藤澤來。」

茅崎，看來那個人與恭一郎住在同一區。

「說到這裡，恭一郎應該已經想到對方是誰了吧？那本《通俗書簡文》原本不是康明先生的東西，是有人給他的。」

「啊！」

為什麼沒注意到呢？推薦樋口一葉的書給父親的人，不只與恭一郎住在同一區，還住在同一個屋簷下。

「是我的母親對吧……」

龜井點點頭。母親曾經明確表示「我來藤澤辦事」，刻意選在這種下雨天，一定是為了跟龜井拿那本《通俗書簡文》。

「佳穗說，送給康明的樋口一葉作品，她幾乎都可以割愛，唯獨那本《通俗書簡文》不同。她不太想讓社長知道，所以我偷偷買下來交給她。」

仔細想想，母親和龜井相識已久。恭一郎的父母結婚時，龜井已經在虛貝堂工作。記得白天母親說話時也提到過龜井。

「都怪我沒有母親和外婆的知識量和洞察力。」

扉子先說了一句奇怪的話，接著開口說：

「有件事我怎麼想也想不明白……康明先生為什麼要把那些五千日圓紙鈔夾在樋口

一葉的書裡？」

「我也不是很清楚原因，佳穗說過康明先生或許是想給她錢。她問我：『把紙鈔夾在我推薦或送他的書裡，分遺物時，那些鈔票就會到我手上，你不覺得嗎？』假如真是如此，一切都會按照康明先生的盤算實現了。」

「可是家母不肯收。」

恭一郎喃喃說完，龜井點頭。

「一般人也不會接受離婚前夫給的錢。說不定康明先生就是心裡有數，才會採取這種方式給錢。」

「為什麼不惜搞得那麼複雜也想要把錢給……」

扉子沉思了一陣子，最後卻搖頭放棄。

「想不出來……我果然差遠了。」

她用力咬著嘴唇。

恭一郎不認為這位學姊缺乏洞察力與知識。

可是，恭一郎覺得自己稍微能夠理解父親的想法。《樋口一葉全集》夾著紙鈔的頁面是《十三夜》的結局——「阿關從錢囊裡取出幾張紙鈔，用小張和紙輕輕包住」。

主角送錢給不想再有牽扯的昔日心儀對象，與父親做的事情類似。當然這也有可能是同情或體貼，或帶有其他意義。送錢是否也有永別的意思——再也不相見，徹底切斷彼此之間的紅線……呢？

「父親的記憶真的到最後都沒有恢復嗎？」

恭一郎不自覺地問出口。假如他到最後都沒有想起母親，何必需要如此大費周章地傳送訊息？龜井或許知道真相。

結果龜井激動到雙唇顫抖。

「他當然沒有恢復記憶！請別懷疑這點！」

他以微慍的低沉嗓音說：

「如果他能夠恢復部分記憶，那該有多好……康明先生本人、社長、我該有多高興呢？那個人啊，恭一郎，從返家後就一直拚命想要找回原本的自己，即使想不起來任何事情，他也知道有些人的存在對他來說很重要，所以他無論如何都希望自己能夠想起那些人。

所以康明先生住在以前的家裡，做著以前的工作，過著同樣的生活……可是，他的記憶始終沒有回來。於是他做了什麼你知道嗎？」

恭一郎完全答不出來。扉子也是，只是錯愕地站著不動。

「看書！」

龜井暴躁地說：

「他仔細閱讀自己擁有的上千冊藏書，學習過去的自己喜歡什麼、在想什麼。康明先生的藏書就像是他的腦子，代表他這個人。」

龜井冷不防地從口袋拿出一本書給恭一郎他們看封面。恭一郎他們藉著室外的燈光，勉強看到上面寫著《矢澤永吉激論集　出人頭地》的書名。

「恭一郎，他不也跟你說過嗎？等他死後，你可以從他的藏書中隨意拿走你喜歡的書。我相信那句話有很深的含意，他希望自己重視的人能夠擁有一部分的他……一定是這樣。我拿的是這本，社長是《怪獸島決戰　哥吉拉之子》電影手冊，佳穗是《通俗書簡文》。如果可以的話，我希望你也挑一本。」

龜井在黑暗中緩緩站起。

「我差不多該回去了，明天也得早起。」

他從恭一郎兩人身旁走出會場，他的沉重步伐讓恭一郎想起祖父。扉子彷彿黑影般動也不動，似乎正在腦子裡拚命整理今天在這裡聽到的事情。

靠著櫃檯的恭一郎凝神看向擺著虛貝堂舊書的書架區。父親的藏書仍然大量沉睡在那兒，隱約散發著已不在人世的父親的氣息。

間章二・半年前

那棟大房子位在藤澤市的片瀨山上。

模仿歐式別墅的紅磚外牆與尖三角屋頂設計儘管摩登，但在這片高級住宅區中並不特別搶眼，反而低調安靜地座落在此處。

男人頂著秋天的陽光走上緩坡，按響別墅玄關的對講機，一名中年清潔婦讓他進屋。

他才踏入一步，建築物的風格就變得完全不同。正前方吸引他目光的是書，特別訂製的書架高度直達天花板，布滿玄關大廳的牆面，上有灰色玻璃門隔絕陽光直曬密密麻麻的書冊。

男人在清潔婦的領路下走過走廊，走廊兩側也與玄關同樣排滿書架。一樓應該也兼起居空間，放眼所及卻只看到古今中外各種語言的書脊，然而這裡不過是開端，走上螺旋鐵梯來到斜屋頂底下，出現的是巨大書庫。

占據二樓大半空間的廣大書庫裡，同樣排列有好幾座高度不是一般人伸手就能搆到的高聳書架；與一樓不同，書庫的書架沒有玻璃門，窗戶的窗簾全都拉上，室內也只有最低限度的照明。人字紋的地板上擺著附輪子的踏梯，牆面也改造成訂製的堅固耐用書架。

這棟別墅的所有空間都是為了書存在，除了住在裡面的人之外，所有東西都是為了服務書。

（這裡還是老樣子。）

男人走在書庫裡心想。他本人也生活在書的環繞下，但這棟別墅幾乎看不到有生活感的物品，讓他略感不安；與其說這裡是私人住宅，感覺更像是走進了公共圖書館或文學館。

書庫盡頭的牆前書架之間夾著一道門。在清潔婦的無聲催促下，他走進那間向南的小房間，一進門就來到了明亮的客廳，午後陽光從一整面牆的窗戶射進室內，這裡是二樓唯一沒有書架的空間。

從那扇大窗可飽覽他剛才爬上來的片瀨山景色，再過去是片瀨海岸，遠方還可看見箱根群山和富士山的山頂。

「你很準時。」

紅褐色單人皮革沙發上坐著身穿黑色襯衫與黑色套裝的灰色長髮老婦，她就是這棟別墅的屋主。一身黑的她看來像是有著人類外型的影子。

她的名字是篠川智惠子。

智惠子大約五年前在片瀨山這裡買下自己的別墅。她買下這棟泡沫經濟時代蓋成的舊宅，依照個人喜好全面改建完成後，將自己國外住處的藏書搬來這裡，卻沒有對住附近的女兒女婿透露半點消息。

她最近在這裡停留的時間大約是每個月一次、每次幾天的程度，不過比起倫敦的住處，她待在這裡的時間似乎愈來愈多，甚至聽說可能不久之後就要搬離倫敦住宅。

「好久不見。」

男人動作確實地行禮完，在她對面的沙發坐下。他突然注意到茶几上的小布包，大小正好相當於一本四六版（註4）的硬皮書。裡面包的或許是書。

「特地找你過來，實在抱歉。」

註4：日本的四六版指的是127×188mm（32K）。

智惠子的語氣不帶絲毫歉意，不過她親自替他泡了一杯紅茶。茶杯擺在面前，男人也只是口頭道謝，沒打算拿起來喝；他覺得心窩悶痛，不想吃喝任何東西。他的內臟疼痛已經持續好幾個月，之後可能會更嚴重，這些疼痛絕不會消失。

「你的身體狀況不好，爬坡上來應該很吃力吧？」

男人露出苦笑。上個月診斷出胃癌末期這件事，他還沒有告訴家人以外的人。

篠川智惠子具有看穿事物的洞察力及龐大的知識量，男人也知道很難歸類為好人的她掌握且利用很多人的弱點，因此恨她的人不少，但男人對於這位老婦沒有負面的想法。

「我目前身體還能動。再說，妳找我來，我沒道理拒絕妳。」

男人在心中補了一句——因為妳對我有恩。

十多年前，男人喪失在那之前三十年的人生記憶。他間接從智惠子以外的其他人口中聽說自己與她在很早之前就結緣。

聽說也是智惠子的幫忙，才能夠找到失蹤一段時間的他，光是這樣已是恩情深重，但他最感恩的是在他回家之後。

他原本還很天真地期待著回到家就能夠立刻把喪失的記憶找回來，豈料過了幾年都沒有進展，舊書店的生意只能從頭學起，歸零的人際關係要重建也相當困難，他往往不自覺就與其他人保持距離，因此無人可商量的他，對偶然遇到的篠川智惠子敞開了心扉。

「也沒必要勉強自己找回記憶，即使失去過去，人還是可以活下去。」

智惠子對於男人說的話還沒聽到一半就這麼說。男人感到很沮喪，這樣不夠，他心裡有前妻和兒子；前妻雖然帶著兒子與其他男人共組新家庭，但自己的下落不明使她嘗到比任何人都深刻的痛苦滋味。如果無法找回原本的自己，他也無法理解這件事有多沉重。

「既然這樣，你只能藉由學習，讓現在的自己接近過去。」

智惠子說得理所當然。

「以你來說，能夠當作參考的就是你自己的藏書，因為看書能夠建立你的人格大部分的形狀。」

男人第一時間覺得這個建議很蠢，不過他也聽說自己以前的確老是在看書，雖然失去這部分的記憶，他一點也不覺得看書很痛苦，看樣子閱讀文字的習慣比他的記憶更根深柢固。

從此之後，他埋首閱讀自己的藏書。對於這件事，智惠子也給過建議，告訴他上千冊的藏書應該從哪裡看起，以及能夠從中找到什麼樣的嗜好與興趣。他於是從十幾歲時買的書開始，遵循成長方向細細閱讀。

他不認為智惠子的協助是單純出於善意，有時他也會感覺她冰冷的視線彷彿在看著實驗品，但是不管她的意圖是什麼，仍不會改變她救了他的事實。他也因此能夠成為「正確的」杉尾康明，從「杉尾康明」的角度去思考、與其他人相處，而他對於這點也愈來愈有自信。

閱讀能夠帶給一個男人強大的力量，但他不認為閱讀對於每個人來說都是美好的體驗，也不認為人人都需要，因此他沒有建議久久見一次面的兒子多看書。畢竟強大的力量很容易變成詛咒。

在片瀨山與智惠子見面的男人，突然想起自己也有事要告訴對方。

「我下週就要開始住院了。病況似乎變得很嚴重。」

「是嗎？」智惠子回答完，喝下一口紅茶。

「如果妳有興趣，可以從我的藏書中拿走妳喜歡的書，葬禮結束後再選也行……不過我的書妳應該也差不多都有了。」

男人突然提議說。他這樣說的用意，多少是希望讓這位比自己優秀的老婦露出驚訝的表情，不過他所說的話絕不是開玩笑，他也對一起工作的父親和店內總管說過同樣的話。他準備在不久之後也告訴前妻和兒子。

智惠子靜靜地放下茶杯。

「知道了。」

她回答的聲線與稍早並無不同，可惜她沒有半點驚訝的反應，彷彿事前早已預測到這件事。

「對了，我有樣東西想要賣給你，今天找你過來就是為了這件事。」

她打開茶几上的小布包，裡面是一本裝在書盒裡的舊書。書盒上大大繪製著唇紅齒白的女子窺看這邊的臉。男人看了發出「啊」的驚呼聲，這個設計他看過。

魔幻詭譎偵探小說
腦髓地獄

夢野久作　著

（《腦髓地獄》的初版書！）

這是松柏館書店版，雖然是昭和十年（一九三五年）發行，書況卻好得猶如昨天才出版。書盒的插畫也沒有褪色，色彩依舊鮮豔。男人彷彿受到吸引靠近拿起，檢查裡面的書冊。看到扉頁時他愕然，這不是普通的初版書，毫無疑問相當具有舊書價值。

翻開正文的頁面，就看到那首赫赫有名的卷頭歌。

胎兒啊，
胎兒啊，
你的心跳為何如此激昂？
莫不是察覺母親的心思
所以感到恐慌？

「你要當作店裡的庫存也好，納入個人藏書也好，都隨你……我想這本書正適合現在的你。」

他感覺胸口騷動不已，儘管沒有記憶，但他覺得很久以前有人跟他講過同樣的話。

如果是平常的他，絕對不會把這本舊書列入店裡的庫存。這本風格特立獨行的長篇小說被列為日本偵探小說史上三大奇書之一，甚至有人說讀完會陷入瘋狂。不管是失憶前或失憶後，都是深深吸引他的作品。

「這本要多少錢？」

他以低沉的嗓音問。他壓抑不住喜悅，卻也無法消除隱約存在的戒心。智惠子把這本舊書賣給自己的目的是什麼？

「價錢隨你開口，只要你答應我一個條件。」

智惠子來自視線範圍外的聲音聽起來莫名大聲。男人抬眼看去，只見智惠子唇邊隱隱漾著微笑，太陽眼鏡後側的眼睛睜得老大，彷彿任何事都逃不過她的雙眼。男人心窩處的悶痛變得更加強烈。

「什麼條件？」

「用不著擔心，我只是希望你住院時也把這本書一起帶去。反正你已經打算帶幾十本書進病房了，是吧？也加上這一本吧。我的條件真的只有這樣。」

「為什麼？」

對方沒有回答。她有她現在不能說、不想說的意圖，問題是他無法看穿；如果他沒有喪失記憶，或許還有可能……有嗎？他也無法肯定。

或許有一天會有某個人接觸到這本舊書，挖掘出這本書來到男人手上的經過，但是到那個時候，自己已經死了吧，而且直到最後都不清楚事情的來龍去脈。

現在的他只知道一件事——自己離開這棟別墅時，一定會帶著這冊珍稀本。他能夠在腦海中清楚描繪出自己快步走下坡道的背影，彷彿能夠從那扇大窗看到那副光景。

男人佇立在篠川智惠子與《腦髓地獄》前，感覺置身在自己的白日夢裡。

最終日・

夢野久作

《腦髓地獄》

接近下午四點，百貨公司裡的人潮還是絡繹不絕。

已經過了下午茶時段，百貨公司二樓的連鎖咖啡店仍舊座無虛席，打算外帶飲料的客人同樣大排長龍。我們排在隊伍的最後。

我是篠川大輔——結婚前是五浦大輔——出現在這家位在藤澤車站附近的百貨公司，是為了來參加正在此處舉辦的舊書市集。今天是活動的最後一天。第一天和第二天都有下雨，幸好今天直到現在這時間天氣仍然晴朗，舊書的營業額也持續累加中。這次活動的利潤應該還不錯，我們為了參加這場活動，關店沒營業，不確定是否值得。

會場持續到午餐時段過後的熱絡已經稍微冷卻，於是我與其他人輪流去休息。參加活動的舊書店很多，但收銀機只有一臺，所以會場裡只需要幾個必要的工作人員在就能應付得來，這點值得感謝。

「夢野久作在四十幾歲時辭世沒錯吧？我在《人類臨終圖卷》有讀到。書我就帶在包包裡。」

「那表示你已經看到上集的一半了。沒錯，他剛發表自己的代表作《腦髓地獄》短短一年後就猝逝，享年四十七歲。」

我聽著跟我一起排隊的高中生們對話，其中一人是我的女兒扉子，她昨天和前天穿的紅色連帽上衣是她的最愛，今天拿去洗了，所以改穿同款式的綠色連帽上衣，搭配丹寧褲裙。

在她旁邊站著一位背著肩背包的纖瘦少年，他的長相不醒目，不過他有著鵝蛋臉和工整的五官，名字是樋口恭一郎。他今天穿著顏色和樣式都與扉子類似的連帽上衣，看樣子是不小心撞衫了。他稍早紅著臉拚命解釋「我沒有奇怪的念頭」的模樣讓人忍不住微笑。這個孩子個性低調，工作認真，包括我在內的舊書店老闆們都對他很有好感。

「夢野久作的作家生涯始於一九二六年入選雜誌徵文的短篇作品《妖鼓》。在那之前不久，他開始撰寫《腦髓地獄》小說的原型。」

扉子的語氣很雀躍，表情很豐富。一位上了年紀的顧客坐在桌前看著他們兩人，或許是因為很少聽到高中生聊這種話題。這麼說來，我還不清楚扉子他們為什麼聊起夢野久作。我問他們要不要去買飲料，離開會場走向手扶梯時，他們已經在聊這個話題。

我好久沒看到扉子笑容滿面與同輩人說話的場景，這樣就足以讓身為家長的我鬆一口氣。我的體質無法長時間看書，這位名叫恭一郎的少年情況與我不同，但他似乎也很喜歡聽與書有關的故事。站在旁邊聽著，我覺得他們兩人很像栞子與我，不免感到懷念。最近女兒聊書的樣子很像她的母親，一興奮就會放大音量、大動作比手畫腳這部分也一模一樣。

「後來他一邊寫其他作品，一邊與編輯討論，反覆寫成草稿又重寫，卻遲遲沒能出版……這段時間長達十年！他真的很堅持！然後到了昭和十年，也就是一九三五年，他終於自掏腰包出版《腦髓地獄》！」

對，栞子也是這種感覺……慢著，這音量有點太大了吧？除了附近的客人外，連店員也在偷看扉子。我正準備開口提醒她小聲點，就聽到冷淡的聲音說：

「扉子，妳別太激動。」

出言提醒的是站在我身邊的眼鏡女子。長到背後的黑髮搭配藍色開襟羊毛衫與米色長裙，她是我的妻子篠川栞子，也是扉子的母親，昨天剛從英國回到日本，今天一早就來參加舊書市集活動。

「第一部以夢野久作名義出道的作品，確實是《妖鼓》，但在此之前他也用其他筆名寫過童話和小說，也有出書，妳忘了嗎？所以他的作家生涯應該要從更早之前算起。」

沒想到她介意的是其他事情。扉子嘟著嘴不滿地說：

「那種小細節何必在意。以夢野久作名義出版的就真的只有那些，我又沒有弄錯……」

「最重要的《腦髓地獄》講錯了。」

栞子毫不留情地提出反駁。看樣子她還有後續要說，而我也很想繼續聽。正好前面的客人買完飲料，輪到我們四人點餐。總之我點了義式濃縮咖啡。

「《腦髓地獄》不是自費出版的作品。雖然博文館和新潮社拒絕出版這部作品，但負責印製的松柏館書店卻很積極，初版與第六版的版稅也都確實支付給了作者。」

沒錯，我想起來了，這件事我聽栞子說過。

我當然沒看過《腦髓地獄》，不過關於這部作品的出版過程，我以前就聽過栞子詳盡介紹。身為舊書店店員必須具備這方面的知識。

「以前的教養文庫還是角川文庫的目錄上寫著自費出版……」

「那是在缺乏研究的時代普遍誤傳的誤解。一九九〇年代之後的全集分析評論提過這件事……啊，我要抹茶拿鐵。」

栞子終於向店員點餐。扉子和恭一郎點了看起來很甜的蜂蜜牛奶拿鐵，並且各點了一份砂糖甜甜圈和厚燒蛋三明治，這個熱量叫人難以相信這只是晚餐前的點心；能夠毫不在意地大啖高熱量食物，不愧是十幾歲的高中生。

我付完所有人的餐費後，眾人各自拿著自己的飲料和食物朝手扶梯走去。這時恭一郎突然開口：

「請問，為什麼只支付初版和第六版的版稅？不是還有其他的第二版、第三版等嗎？」

我忍不住回頭看向他的臉。當年聽栞子說明時，我也問過差不多的問題——初版和第六版以外的第二版到第五版的版稅去哪兒了？——或許喜歡聽書籍軼事的人，都會注意到相似的地方。栞子露齒一笑，彷彿在說「問得好」。

「由松柏館書店發行的《腦髓地獄》最早版本，沒有第二版到第五版。實際上在舊書市場交易的也只有初版和第六版而已。那個時代的書經常像這樣隨意標示版數，甚至有些書不存在初版。」

「為什麼要那樣……」

「有些人猜測或許是為了假裝書賣得很好。再說這本書當初出版時，並沒有引起太多的關注。」

「原來如此……」

恭一郎感到佩服。我相信我以前也是同樣的反應，所以對這位少年感覺格外親切。

「對了，你們兩人為什麼聊到《腦髓地獄》？」

站在手扶梯上方的我問。同樣穿著綠色連帽上衣的男女高中生互看彼此，或許是一時間想不起開啟這個話題的原因。最後開口的是扉子。

「啊！我想到了，是因為杉尾社長剛才在櫃檯內替最後一批要上架的舊書標價，我們在出來休息之前也在幫忙，但我拿到《腦髓地獄》，仔細看了看書盒，覺得有點在意。」

「哪邊出版的《腦髓地獄》？」

栞子插嘴問。

「是初版的復刻版，封面印著大大的夢野久作照片……好像是沖積舍發行的。」

那個復刻版我也知道，忠實重現很難入手的珍貴初版書的裝幀，滿足愛書人想要閱讀與初版相同裝幀、想要陳列在書架上的需求。當然售價遠比原始的初版書便宜許多，文現里亞古書堂也賣過好幾本。

「那本大概是……」栞子的表情變得陰鬱。「康明先生的藏書吧。」

手扶梯上的眾人全都沉默。這麼說來，杉尾康明正是與夢野久作同樣年紀辭世。我瞥了恭一郎的臉一眼，即使提到他的父親，他也沒有出現特別的反應。

虛貝堂的杉尾正臣在活動最後一天的今天，仍然繼續賣出兒子的藏書。雖然沒有價值上百萬日圓的高價珍稀本，但仍然有不少售價五、六千日圓，收藏家喜歡的舊書。復刻版的《腦髓地獄》也是其中一本。杉尾以低於市價三、四成的價格便宜賣出那些書，拜此之賜在這次的舊書市集上十分暢銷，當中也有不少全集和套書，所以這三天他應該已經賣出上百本藏書了。

我聽說虛貝堂也打算參加下個月的其他特賣活動，那些值錢的藏書大多數都會在春天結束前從杉尾家消失吧。不難感覺到他想要賣掉兒子藏書的強烈意願。栞子早上就想找杉尾談談，對方的態度卻是相應不理。

「嗯？妳怎麼知道康明先生的藏書中有那本復刻版《腦髓地獄》？」

我問栞子。她應該沒看過杉尾康明的藏書，我當然也沒有。

「那本是康明先生以前在文現里亞古書堂買的。他當時還是高中生……我也在場。」

杉尾康明是高中生的時候，栞子大概還是國中生吧。

「原來他來我們店裡買過書……」

我第一次聽說這件事。虛貝堂和文現里亞古書堂這兩家店的創辦人彼此認識，雙方的後代子孫有往來也是合情合理，但我開始在店裡工作後，從來沒看過杉尾康明上門。

「對，他那個時候常來……康明先生跟家母感情很好，我母親經常推薦各種小說給他，他們的關係就像師徒。《腦髓地獄》也是其中一本，母親甚至對他說：『我認為這本書正適合現在的你。』那大概是康明先生買的第一本二手書，也是他的愛書。」

我必須很努力才能避免皺眉頭。搭著手扶梯來到五樓的我們，走向會場後方的休息室。占據我腦海的是栞子的母親——篠川智惠子的事。她曾經也與杉尾康明一樣，從家人面前消失好幾年。

話雖如此，他們兩人的情況卻是完全不同。昨晚聽扉子說，我才知道杉尾康明喪失記憶，也因此明白為什麼他回到家後，沒有再與熟面孔往來；遇到那樣的事，有這種反應也是可想而知。

篠川智惠子失蹤則是為了追尋全世界只有幾十本完整版的莎士比亞《第一對開本》珍稀本。與康明不同，她的失蹤從頭到尾都是為了自私的原因。即使我們幫她工作了十幾年，也仍然沒有解除對她的戒心。她可以為了達成個人的目的，毫不在乎他人的感受，即使她完全沒有惡意。

事實上今天早上，篠川智惠子寫了一封電子郵件給我，信上只有一句話：「我今天打算過去找你們。」我不知道她是要過來舊書市集的會場，還是文現里亞古書店，信裡當然也沒提到她找我們的目的是什麼。

但是既然她與杉尾康明認識，我不認為她與這些藏書騷動沒有半點關係。琹子的看法應該也相同。

想必今天接下來又將發生另一波騷動，我幾乎可以百分百肯定。

進入空無一人的休息室，我和琹子並肩坐在長桌前。扉子和恭一郎離開後，休息室裡就只剩下我們兩人。

「呼……」

琹子吐出一口氣，在長桌底下伸展手腳。

「妳很累吧，要不要休息一下？」

我說。

琹子昨天剛回國就與我、滝野、神藤相約在居酒屋碰面，這是為了從其他舊書店老闆口中取得與杉尾社長有關的情報。稍晚回到家後，我們一家三口繼續討論市集第一天、第二天發生的事，尤其是我不在場時發生的《通俗書簡文》與五千日圓紙鈔事件始末，必須聽扉子說明才行。

扉子從龜井手上拿回五千日圓紙鈔後，從恭一郎那兒聽聞杉尾康明失蹤前後的狀況——聽說消息來源是恭一郎的母親樋口佳穗。扉子盡心盡力執行栞子指派的任務——「我要妳仔細聽這件事相關人士們說的話」。扉子本人雖然沒有說出口，不過她會這麼配合，有部分原因也是因為這次的事件她無法憑自己看穿真相，只能仰賴栞子。

第一天和第二天發生的事件多虧有扉子的幫忙，我們才得以連細節都掌握到。

「我不要緊。昨天回到家也睡得很好……只是對於杉尾社長的事情還有點無法歸納出結論罷了。現在到底是什麼情況？怎麼做才是正確答案？」

她拿下眼鏡捏了捏窄窄的鼻梁。我很少在我們夫妻倆的主臥室以外的地方看到她素顏，所以感覺有點新鮮。

「杉尾社長要在春季活動賣掉康明先生的藏書，找了恭一郎來參與，也大肆宣揚這件事，甚至也沒對員工龜井先生透露目的……一定是因為無法說出口的原因，遇上迫切的問題，才會被逼到現在的狀況……問題是我無法找出那個原因。」

「巧婦難為無米之炊……」

當事人杉尾連對話都不願意，栞子又怎麼有機會找出原因？委託人樋口佳穗也明白我們沒有警察的搜查權。假如我們無法說服杉尾，樋口佳穗打算再次去找杉尾交涉，她打定主意就是要讓兒子繼承杉尾康明的藏書。

「我們已經盡力了。」

即使這樣安慰，栞子的表情還是沒有好轉。部分原因大概也是不想讓扉子失望吧。

「我還是覺得很可惜……急忙趕回來卻什麼忙也幫不上。」

「妳有幫上忙。」

我說得很肯定，想要強調這一點。栞子瞥了我一眼，她的眼角和嘴角已經有歲月的痕跡，但黑眼珠比例較大的雙眸還是跟從前一樣，反而是歲月的磨練磨去了她的尖銳，增添了圓滑彈性，使得她看起來比以前更耀眼。或許因為我也走過了相同的歲月。

現在的我最愛的就是現在的篠川栞子。

「我希望妳早點回來……我想早點見到妳。」

如果是二十幾歲的我，說這話或許會感到難為情；栞子白皙的臉頰也不再像二十幾歲時那樣容易染上紅暈，但她戴上眼鏡遮住雙眼時，嘴角浮現害羞的微笑。

「那些話請不要在會有其他人闖進來的地方說。」

她以高八度的聲音說完轉開視線，輕輕撫摸我的上臂。我的背後不自覺竄過陣陣酥麻。

「我老是夢到大輔先生……夢到我們在北鎌倉的書店裡講書的軼事，分不清是以前還是現在。」

已經好久沒聽到「大輔先生」這個稱呼了，使我想起我們結婚之前，那個時候我就經常在聽這個人談書。我們相遇後有很長一段時間始終保持著很客套的關係，那樣的相處模式對我們來說或許也是一種情趣，成為我們兩人談書時的特有說話方式。

有個想法突然閃過我的腦海。

「我有個關於某本書的問題想問妳，可以嗎？」

我在這十幾年也學了許多舊書的處理方式與市場行情等，但那些終究是書以外的事物，書本身則是另一個世界。無法長時間閱讀的我很難得知書的內容，必須靠栞子告訴我，但仍有許多名書我還沒有機會聽她介紹。

「可以是可以……你是想問《腦髓地獄》嗎？」

栞子似乎已經察覺到了。我沉默地點點頭。對於這本書，我只知道它是前所未有、難以形容的偵探小說。

「我先說，休息時間只有這麼短，光是要說明梗概就很困難，畢竟因為它是日本偵探小說史上的三大奇書之一。」

儘管說了這樣的話，但她並非不想說明，她的聲音和表情都洋溢著克制不了的喜悅。這就是平常的栞子。

「我記得三大奇書的另外兩本是……」

「小栗虫太郎的《黑死館殺人事件》和中井英夫的《獻給虛無的供物》。」

只要我一卡住，她就會立刻流暢地回答。女兒扉子和樋口恭一郎兩人此時正好抱著溼紙巾補充包回來，這麼說來休息室的容器中是空的，他們大概是去辦公室或哪裡拿補充包吧。

「《腦髓地獄》是從一名青年聽到擺鐘的鐘響醒來開始。待在鐵窗房間裡的他失去一切記憶，連自己的名字都不記得，隔壁房間一位自稱是他未婚妻的少女拚命向他求助……一陣子之後，一位叫若林的醫學博士來訪，自稱是九州大學的醫學教授，並說主角人在九州大學的精神科病房大樓裡。」

我一邊聽她說明，一邊對於故事與現實的相符感到毛骨悚然。熱愛《腦髓地獄》的杉尾康明也同樣喪失記憶，找到康明的地點也在九州。腦功能障礙不能刻意製造，所以這一定只是巧合，是康明太過沉迷在故事裡，反而引來不幸事故發生——我無法抹去這種非現實的想像。

「若林博士聲稱主角是有精神病的患者，成為『狂人解放治療』研究的實驗品，因而喪失記憶，但是想出治療方法的精神病學教授正木博士已經死亡。為了證明他的理論正確，成為實驗品的主角必須找回自我，想起自己的名字。

若林博士把主角耍得團團轉，允許他與可能是未婚妻的隔壁房美少女見面，又把正木博士留在教授辦公室的研究資料拿給主角看，主角概括承受找回記憶的實驗……這就是這本長篇小說的基本概要。」

「只聽到這些會覺得故事不是很長，登場人物似乎也不多。」我說。

不論哪個版本的《腦髓地獄》紙本書都相當厚重，有些還分成上下兩集。

「主要的登場人物的確很少。除了負責旁白的主角之外，就只有若林和正木這兩位博士，以及主角的堂妹也是未婚妻的吳真代子。」

吳真代子的名字殘留在我耳裡，感覺很有份量。

「故事的舞臺也幾乎只在九州大學裡，所以如果劇情正常發展的話，或許會是更簡短的小說。問題是夢野久作耗費大量頁面講解支持劇情的詭異科學理論。他提出『腦髓論』，表示人類用來思考的不是腦髓，而是一顆顆的細胞；提到『胎兒之夢』，認為胎兒在母親體內會做惡夢，內容是從歷代祖先那兒繼承下來的記憶。另外還提到『心理遺傳』，講述特定事物可觸發精神暗示，讓後代子孫的人格變成祖先的人格。」

我很認真在聽，卻還是聽不懂。想必讀者也無法全然理解吧？

「那些理論科學嗎？」

栞子苦笑。

「裡面有些是獨創的點子，不過畢竟是一九三〇年代的小說，姑且不論作者的意圖是什麼，都應該視為虛構。精神狀況不穩定的主角，受到無數奠基在不科學理論的資料操控。當然讀者也透過主角的雙眼，徘徊在《腦髓地獄》的世界。」

趁著她換氣時，與扉子一起吃甜甜圈的恭一郎突然開口：

「我記得主角的名字叫吳一郎。」

感受到我們的視線，恭一郎連忙放下甜甜圈。

「啊，抱歉。我剛才在祖父拿著的《腦髓地獄》書盒上看到這個名字……就記住了，因為跟我的名字有點類似。」

沖積舍復刻版書盒上的確有登場人物介紹，據說是因為原始的初版書有印。主角既然與吳真代子同姓氏，應該是堂哥吧。這個名字我也有印象，跟「恭一郎」的確有點像。

我愣了一下。或許不是巧合，樋口佳穗也說過替恭一郎取名的是杉尾康明。參考愛書替自己的小孩取名字，的確有可能發生在愛書人身上。

「也是。但主角失去記憶，所以他是否真的叫吳一郎，或許值得懷疑。」

栞子含糊地說。這麼說來她從剛才就完全沒提到主角的名字。

「有其他可能嗎？」

我問，扉子比栞子先開口：

「應該沒有。主角的確喪失記憶，但真實身分不可能是吳一郎以外的其他人。」

「確實是那樣沒錯，但……」栞子同意女兒的說詞後，對著沒看過書的我們繼續說明：「這與故事的主幹有關，我個人不想說得如此絕對。單看梗概的話，就會發現《腦髓地獄》是其他人開始一味強迫主角認同『我是吳一郎』的故事。主角為什麼倍感壓力？那股壓力從哪裡來……這些都跟結局有關。」

「那主角是否找回記憶也……」

「這點我也很難說明。」

琹子說，大概是不願意劇透。

「發行當時，夢野久作十幾歲的兒子杉山龍丸曾經評論說，《腦髓地獄》是描寫『自己是什麼樣的人』的小說，他也向父親確認過自己的解讀是否正確……據說夢野久作認同他的解釋。」

假如這是事實，也就等於作者掛保證了。《腦髓地獄》給人的印象原本很駭人，但拿掉書名來看的話，內容就只是在闡述一名年輕人的煩惱罷了。

「但這是偵探小說吧？」

我記得是偵探小說的三大奇書之一，但截至目前為止的談話，都沒有提到書中的案件或推理要素。

「當然！」

琹子興奮的聲音響徹休息室。

「隨著劇情發展，讀者得知構思出『解放治療』的正木博士，以及他前任的精神病科教授，皆非自然死亡。接著也揭露身為故事第一人稱視角的吳一郎本人與過去發生的多起命案有關。」

我也喜歡這種劇情架構。這麼說很奇怪，但這部小說也有娛樂的部分，讓我因此感到安心。

「一連串案件的犯人是誰，事件是如何發生，這些真相都有可看之處。但這部小說的特徵在於主角們是不值得信賴的第一人稱視角，讀者無法得知他們說的哪些是實話，畢竟主要的登場人物是兩位施行特殊心理實驗的博士，以及兩位被當成實驗對象的患者。

書名的『DOGRA MAGRA』（註5）這個詞彙在作品中解釋為『心理迷宮遊戲』，以這個詞彙當作書名的作品本身，也是迷惑讀者的迷宮。」

「那段解釋就是『腦髓地獄』一詞出現的段落，對吧？我最愛那段了！」

扉子愉快地說。兩位高中生已經吃完三明治和甜甜圈，正喝著剩下的飲料。栞子也面帶笑容表示同意。

「『腦髓地獄』一詞出現的段落，是什麼意思？」

恭一郎問旁邊的扉子。女兒脖子一轉，與他四目相對，恭一郎困擾地往後退了退，

註5：本書日文書名為「ドグラ・マグラ」，為便於閱讀理解，下文皆以中文譯名代指。

或許是因為他們兩人的距離比想像中更靠近。

「就是字面上的意思。想要找回患者記憶的若林博士給主角看各種資料，資料的其中之一是標題為『腦髓地獄』的破爛手記。主角只大略看過手記內容，但根據若林博士的說明，手記的內容就是小說《腦髓地獄》，兩者同樣是以擺鐘的鐘響開始，又以擺鐘的鐘響結束……」

「呃……故事有提到是誰寫了那本手記嗎？」

「若林博士說是住在精神病房大樓的年輕大學生，不過按照常理解釋的話，就是喪失記憶前的主角吧。手記早已撰寫完成這點，也成了故事的伏筆。」

扉子對恭一郎談書的姿態，讓我想到平常的栞子和我，感覺就像從第三者的角度聽著自己和栞子對話。

「由此處可以看到夢野久作對於《腦髓地獄》的自我評價，這也是十分引人入勝的部分。」

栞子接著說。母女兩人的聲音很類似，所以讓人誤以為是同一個人繼續說下去。

「作者對自己作品的分析，是無與倫比的清楚明白。他提到這部作品『幾乎無法用有趣來形容，內容可感覺到深刻的意義』，以及『描寫極度冷靜，思緒有條有理』，卻又說『讀著讀著，腦子裡不禁會出現異樣的幻覺、錯覺、懷疑自己的價值觀』，還說『架構上蓄意從書名到內容徹頭徹尾迷惑讀者』。」

我有一股詭異的感覺——在《腦髓地獄》裡有閱讀《腦髓地獄》的場面，換句話說，作品中出現的那部《腦髓地獄》裡，也有閱讀《腦髓地獄》的場面吧？簡直像看著無限反射鏡一樣沒完沒了，可以肯定這樣的安排是為了迷惑讀者。

「剛才也說過，這書一開始並沒有引起討論，到什麼時候才開始引起關注？」

提問的是恭一郎，我也同樣很好奇。根據剛才聽到的，可以確定這部小說很奇特，但我感到不可思議的是它居然能夠變得那麼有名。

「一九五六年——」

栞子與扉子同時開口。女兒比出「妳來說」的姿勢讓母親說明，栞子道謝後繼續解釋：

「一九五六年，這部作品收錄在早川書房的口袋懸疑小說系列中，真正重新獲得矚目是在一九六〇年代之後……但在初版書發行當時，也受到部分偵探小說迷的青睞，尤其是早熟的十幾歲青少年們強力支持。作者甚至在日記中寫下中學生對這部作品做出的熱衷行徑。

這些人當中也包括後來寫書研究夢野久作的思想家鶴見俊輔，以及創作《獻給虛無的供物》的中井英夫。可以說夢野久作重新受到矚目，是那些受過這部小說洗禮的少年們長大後帶來的潮流。」

這麼說來，夢野久作的兒子評論《腦髓地獄》是什麼樣的小說當時，也是十幾歲的青少年。或許這部作品擁有刺激那個世代年輕人的能力。

「喜愛這部小說的人以國高中生居多。有傳聞說讀完這本書，腦子會壞掉。瘋狂的題材、過長的詭異祭文、精神科學的神祕理論、遭到監禁的美少年與美少女……可以確定這些內容充滿魔法般的奇幻魅力，足以吸引十幾歲的青少年，但我認為應該還有其他更實際的原因。」

究竟是什麼呢？不知不覺間不只是我，另外兩人的上半身也跟著前傾，聽得津津有味。

「年輕的主角面對與父母同輩的若林和正木，基本上是處於被動立場。他一方面在大學附設醫院的病房大樓接受實驗，一方面要面對『我到底是什麼人』的問題……國高中生置身於家庭等環境中，不也很容易有無力感或擁有同樣煩惱嗎？事實上也有評論指出，主角與他父親的關係，正是作者與自己父親關係的投射。」

「換句話說，夢野久作是刻意這樣安排的嗎？」我問。

栞子安靜搖頭說：

「不是……夢野久作撰文的用意是在寫出自己理想中的長篇偵探小說，至於年輕世代的反應則是出乎意料的結果。儘管如此，夢野久作在這部作品中灌注了自身的一切，文中帶有作者本身的家庭觀念與對人的定義反而正常，讀者們也因此敏銳感受到作者表露出連他自己都沒意識到的真實內在……至少十四歲的我是這樣認為。」

栞子的表情突然暗下來。十四歲正是她母親篠川智惠子失蹤的時候，毫無疑問栞子是想藉由閱讀保護自己的心；她也對於無法靠自己的力量去改變、處於被動立場的主角很有共鳴吧。

她突然看向恭一郎。

「你的父親……康明先生也是受到《腦髓地獄》吸引的其中一人。十幾歲時閱讀的夢野久作對康明先生來說，應該是最重要的作家……對了，你現在手邊有《人類臨終圖卷》嗎？」

聽到這個突如其來的問題，不只恭一郎，我和扉子也同樣感到不解。

「是，我帶著……」

他從長桌上的包包裡拿出《人類臨終圖卷Ⅰ》。琹子接過來翻開書，秀出貼在扉頁的藏書票。藏書票的插圖有Y．S的姓名縮寫，加上交疊的三個瓶子與十字架。琹子把眼睛湊近看。

「果然沒錯。」她說：「我聽完扉子的形容，就注意到這件事。這幅插畫是夢野久作親筆畫的，隨著在雜誌上發表的短篇作品一併刊載……」

「啊，對喔！我想起來了，是《瓶詰地獄》！」

扉子大聲說，琹子露出微笑。《瓶詰地獄》這個作品名稱好像在哪裡聽過。

「那是……很有名的小說嗎？」

「是的。昭和三年……也就是一九二八年發表，只用區區十五張稿紙寫成的極短篇故事，體裁是漂流到海岸邊的三個瓶子裡的三封信，內容是遭遇海難漂流到無人島的兩兄妹，過著好幾年相依為命的生活，最後演變成亂倫……從三封信撰寫的時間順序逆推的架構十分傑出，也有很多人認為這是夢野久作最出色的作品。這幅插畫也多次出現在全集和作品集中。」

怪不得畫的是三個瓶子和十字架。仔細看，瓶子裡還畫著兩個人的上半身，一定是象徵那對兄妹吧。

當。

在我們身邊的恭一郎皺起臉。我記得這位少年好像有個妹妹。換個話題似乎比較妥

「既然康明先生是夢野久作的書迷，藏書票當然會這樣設計。」

「我也是這麼想。再加上這個Y・S縮寫……這當然是杉尾康明的字首，但也是夢野久作的縮寫吧，因為他的本名是杉山泰道（註6）。」

能夠與自己喜歡的作家名字縮寫相同，想必他很高興，相信自己的存在很重要。康明似乎比我想像中更醉心於夢野久作。藏書中有很多偵探小說，也與他是夢野久作的書迷有關吧。但推薦他《腦髓地獄》，替他開啟接觸契機的是篠川智惠子，這點令人擔心，簡直就像她有什麼企圖……

「喂。」

休息室裡突然響起粗啞嗓音，我轉頭看向門口，就看到身穿褐色夾克的杉尾拄著拐杖站在那兒。我們連忙從椅子站起。

「抱歉，杉尾社長，我們這就回會場。」

註6：杉山泰道（Yasumichi Sugiyama）的縮寫也是Y・S。

栞子道歉。我們太熱衷於聊天，沒注意到休息時間差不多結束了。

「沒事，我不是來叫你們回去工作。小栞，我有事找妳……妳方便聽我說嗎？」

我嚇了一跳。他今天一整天不管栞子主動找他多少次，都當作沒看到，現在卻自己主動找上門來。他的臉色莫名難看，似乎不只是照明的緣故。好像是有事發生了。

「當然，請過來這邊坐。」

杉尾緩慢走近我們。我仔細一看才發現他沒有拄拐杖那隻手臂，牢牢抱著裝在四六版書盒的書。他把書喀噠一聲放在長桌上。映入眼簾的是夢野久作的照片，旁邊寫著《腦髓地獄》的書名。除了作者的名字外，還有「復刻」、「沖積舍」這幾個字。

我可以確定這是杉尾稍早在櫃檯內拿在手裡的書，是他兒子的藏書。這本復刻版的書盒裡收納著裝幀與原始初版書相同的《腦髓地獄》。但那個版本原本就有加上書盒，如此一來就變成有兩層書盒。

（嗯？）

我突然感到納悶。總覺得這本復刻版很奇怪，裝在書盒裡的書尺寸好像小一些，放在桌上發出喀噠聲也是書盒大小與書冊不合的緣故。在我旁邊的栞子眼鏡後側的雙眼大睜。

「你們去休息後，我在檢查這本書的書況，沒想到……」

杉尾開始說明之前，栞子快速伸出手，以不同於以往的謹慎手勢，拿出書盒內的書，只見出現另一個印著《魔幻詭譎偵探小說　腦髓地獄》的書盒，封面的插畫是唇紅齒白的女人臉孔。栞子檢查封底，上面以不同顏色交疊印著內容簡介和人物介紹。我心裡那股奇怪的感覺變得更強烈，這個書盒的顏色比我印象中更鮮明。

從書盒抽出橘色和粉紅色混合的暖色系紙本書，栞子最先翻開的是版權頁。昭和十年一月十五日松柏館書店發行，沒有特別奇怪的地方，但版權頁的右側頁面空白。

「這是……」

栞子的臉瞬間褪去血色。

「怎麼了？」我問。

她以指尖在白紙頁面上輕輕畫圈。

「沖積舍的復刻版，在這一頁應該有復刻版的版權頁。」

我花了一點時間才理解她這句話的意思。復刻版應該要有的版權頁，這本書裡卻沒有，這也就是說——扉子比我早一步大聲驚呼：

「什麼？這本是正本嗎？昭和十年松柏館書店發行的正本初版書？」

「就是那個意思。這本書的書況好到乍看之下很難相信是正本。」杉尾以含糊不清的聲音說。

琹子往前逐頁翻開正文的書頁。

「書盒的印刷沒有褪色也幾乎找不到髒汙，比沖積舍復刻用的原始版狀態更好。書況好成這樣的書我只看過一次，連書封和正文紙頁也保持得很完整。」

琹子的手停在正文頁面的開頭。標題為「卷頭歌」的文章吸引了我的目光。

胎兒啊，
胎兒啊，
你的心跳為何如此激昂？
莫不是察覺母親的心思
所以感到恐慌？

琹子在說明《腦髓地獄》時，也提過「胎兒之夢」——母親子宮內的胎兒做了惡夢，夢見的都是歷代祖先傳承下來的記憶——那個理論我就已經無法搞懂了，這首卷頭歌更是叫人難以理解。為什麼胎兒心跳激昂？為什麼察覺母親的心思會感到「恐慌」？

或許沒有太深刻的意思，但這段文字莫名烙印在我的腦海中揮之不去。

「這本初版書不光是書況好，小栞，妳看看扉頁。」

在杉尾的催促下，栞子繼續往前翻。

「什麼！」

我們四人同聲驚呼。那兒以原子筆寫著一看就懂的端正楷書——「夢野久作」。

「這是作者簽名書……」

我小聲說。我第一次親眼看到《腦髓地獄》的作者簽名書。

「是的。」杉尾點頭說：「提到夢野久作的珍稀本，首先是以杉山萠圓名義出版的《白髮小僧》，《腦髓地獄》還沒有那麼高的價值。但是這種程度的書況，而且還是作者簽名書，就另當別論了……放到市場上一定會引起很大的騷動。」

栞子打開扉頁後就靜止不動，似乎沉溺在自己的思考之中。扉子和恭一郎分別從她的左右兩側十分感興趣地湊近看向夢野久作的簽名。

「為什麼這麼貴重的書會裝在復刻版書盒裡？」

我問杉尾，卻得到他意外坦率直白的回答：

「我一點頭緒也沒有。」

「這是康明先生的藏書沒錯吧？是不是康明先生放進去的？」

「不可能……康明在醫院裡嚥下最後一口氣的不久前，我才替他整理了一些藏書，因為我擔心有些會跟店裡的庫存混在一起。我這個身體能整理的也不多……當時我曾經拿起沖積舍的復刻版，假如內容物被調包，我應該會發現。結果康明沒能夠活著回家……」

換句話說，是已故的康明先生以外的某個人，把簽名書放在復刻版書盒裡。既然如此，那個某人把原本的復刻版挪到其他地方去了。杉尾抬頭來回看著我和栞子。

「你們應該曉得那本復刻版吧，那是康明在文現里亞古書堂買的，雖然不是很值錢，不過他最寶貝的就是那本書……我不清楚是誰為了什麼目的把那本書調包，但你們能否幫忙找出來？」

他開口請託，差點就要鞠躬行禮。栞子的臉色仍舊蒼白，連忙把書闔上，在椅子坐下，對上老人的視線。

「您不是打算賣掉康明先生的藏書嗎？」

杉尾布滿皺紋的臉頰抖了一下。

「凡事都有例外……我不賣《腦髓地獄》，就是這麼簡單。」

「聽說《怪獸島決戰　哥吉拉之子》也是例外……還有其他的吧？」

杉尾沒有回答。栞子當著尷尬沉默的杉尾面前，觸摸《腦髓地獄》的書封。

「其實這本簽名書——」

「社長！總算找到你了，我還以為你去哪裡了。」

光頭搭配誇張橫須賀夾克的龜井走進休息室來，兩隻手上各提著一捆綁成一字型的舊書。

「這兩捆書可以搬回車上了吧？」

說完，他輕鬆舉起早川口袋懸疑小說系列與春陽堂文庫的舊書。貼在尼龍繩上的便條紙寫著「送回倉庫・康」。那應該是杉尾康明的「康」，這些一定就是康明先生的藏書。

我突然注意到一件事——杉尾瞞著龜井，沒告訴他《腦髓地獄》的事；假如有人能夠調包復刻版與正本，最值得懷疑的嫌犯就是可自由進出虛貝堂倉庫的龜井了。

那位「嫌犯」一看到長桌上的舊書，立刻伸長脖子湊近細看。

「這是《腦髓地獄》的簽名書對吧？就是康明先生那本。怪不得我最近到處找都找不到。」

他對眾人說話的態度很自然。杉尾瞠目問：

「你……早就知道有這本書？」

龜井瞇起眼睛思索著，或許是頭髮剃光的緣故，眉毛的表情更顯豐富。

「啊？康明先生好像有交待過不能說……不過，現在應該也不作數了吧……」

他喃喃自語說完，突然擺出無視私情、秉公處理的態度，重重點頭說：

「是的。剛開始是康明先生住院時，我看到這本書翻開擺在他的病床上。我沒看過《腦髓地獄》的簽名書，所以問他怎麼會有，他說是『不久之前我請認識的人賣給我的』……他好像不想讓人看到。他告訴我，不要把這本書當成他的藏書，要納入店內庫存，放在倉庫裡，看情況把它賣了。」

這本簽名書的確沒有貼他的藏書票，換言之不屬於杉尾康明的藏書。他為什麼沒把自己愛的這本珍稀本小說納入自己的收藏呢？

「我還以為一定是這本書有什麼問題，也許簽名是假的，諸如此類……我記得夢野久作不是在這本書出版的第二年就死了嗎？怎麼有機會簽書……」

「不，這本是真品。」

栞子說得很有把握，嗓音中不知為何摻雜著苦澀。

「這本書的簽名是在《腦髓地獄》剛出版時，十幾歲的書迷透過關係請作者替他簽下的。在夢野久作的日記裡也有提到他回應書迷這類要求的經過。」

「妳知道這本書？」

我向栞子確認，栞子神情複雜地點點頭。

「這本書是我母親向那位書迷的遺族收購來的，我好幾年前曾經在母親的書庫裡看過。」

「也就是說，這是智惠子賣給康明的……我第一次聽說。」

杉尾雙臂環胸說。我也是第一次聽說，但還有其他更好奇的問題想問。

「康明先生跟岳母直到不久之前都有往來？」

康明是在過世前半年左右發現罹患癌症。我聽說他是上醫院治療，同時在自己家中休養。既然他在剛開始住院時說「不久之前我請認識的人賣給我的」，表示他在住院前還有機會見到篠川智惠子。

「她沒有告訴過你們吧……康明不定期就會去智惠子家裡。」

愈聽愈多驚人的內幕爆出。智惠子位在片瀨山的住宅，就連栞子和我去過的次數也屈指可數。即使康明和智惠子是幾十年的「師徒關係」，但康明不可能還記得。

「事實上是多虧智惠子的幫忙，我們才能找到失蹤的康明；因為她的建議，我們才得知康明的所在位置……智惠子不想提這種事，所以我們一直保密到現在。」

我和栞子面面相覷。看來她也是現在才知道。

「那個，家父失蹤有五年吧……她是怎麼找到他的？」

發問的是恭一郎。杉尾摸摸下巴，露出傷腦筋的表情。

「我其實也沒有線索……只知道智惠子仔細聽完我、龜井和佳穗詳細敘述當時的狀況後，看過康明留在倉庫內的藏書，接著她就說康明很可能從神戶去了九州的福岡。我只知道這些。」

我隱約能夠猜到她做了什麼，從藏書看出書主的內心是篠川智惠子的拿手把戲，她八成是從藏書掌握到什麼線索。

「我們也沒有其他線索，只好委託福岡的徵信社協助調查，過沒多久就找到一名身分不明的男子，他在五年前發生落海意外喪失記憶，重新取得戶籍在當地生活。我們就是這樣找到康明的……我對智惠子的恩情始終銘記在心。」

我知道有不少人害怕或怨恨篠川智惠子，另一方面，像這樣對她感恩戴德的人也意外的不少；因為她心血來潮就會幫助別人，但為了達成自己的目的，她也會毫不在乎地利用這些人。

「無法恢復記憶的康明，找智惠子商量如何彌補空白的過去。我聽說他們也交易過幾次舊書。」

就目前聽到的，《腦髓地獄》簽名書是智惠子給康明的，這沒有什麼奇怪的地方，問題在於現在那本舊書出了怪事。

「龜井……康明那本復刻版書盒裡裝著這本簽名書，你知道些什麼嗎？」

杉尾以尖銳的聲音問。龜井一瞬間眨了眨眼睛，似乎很吃驚，接著面露不悅說：

「你在懷疑我嗎？」

「只是確認一下而已。調包是發生在康明的葬禮到這場活動開始之前這段期間，能夠進入我們倉庫的人不多。」

「我沒道理做這種事啊，我有什麼理由要這樣惡作劇？」

他說得沒錯。儘管發生昨天那樣的估價失誤，但在虛貝堂工作的人，沒道理故意調包。假如沒人發現書被調包，就有可能以復刻版價格賣掉這本珍稀本了。

「有外人能夠進出虛貝堂的倉庫嗎？」

栞子問龜井。見他遲疑了一會兒，我就開始覺得情況不妙。

「智惠子有進去，在家奠那晚……好像是因為康明先生也有對她說，在他死後，有喜歡的書都可以拿走……所以她帶走了某本文庫本。就我所知，沒有其他外人進去了。倉庫平常多半鎖著，而且也幾乎沒人知道那裡是倉庫……」

看樣子那間倉庫不是陌生人能夠隨意進出的地方。既然如此，做出這種小動作的，或許就是篠川智惠子。

「今天活動結束後，能否讓我看看虛貝堂的倉庫呢？」栞子打破凝重的沉默說：「必須先找出康明先生那本復刻版，書有可能仍然在倉庫裡。」

現階段看來，判斷的線索確實不太夠，栞子在這個會場能做的不多。

「也是……那就拜託妳了。」杉尾說。

最後一天的藤澤舊書市集比百貨公司的打烊時間提早一個小時結束，因為還需要花時間收拾會場。為了盡早前往位在戶塚的虛貝堂，我們分頭精算營業額，將原本擺在架上的商品搬到停車場的車裡。

我們向滝野書店的滝野和豆冬帕書房的神藤說明原因後，他們答應負責活動會場的關門，以及把用品還給百貨公司。

「畢竟我們借了一臺收銀機。」

在滝野的苦笑目送下，我們開車載著舊書出發。太陽已經西沉。我原本建議扉子和恭一郎先回家，但他們無論如何都想參與，只好讓他們一起來。扉子是因為好奇心旺盛，但對於恭一郎來說，這是他父親的藏書出問題。為了謹慎起見，我有請恭一郎通知他的母親樋口佳穗會晚點回家，以及我們會開車送他。

只要沒遇上塞車，從藤澤到戶塚只需要約二十分鐘。幸好此刻路上交通很順暢。

來到戶塚車站旁的時候，坐在副駕駛座的栞子小聲說。

「對了，母親沒來呢。」

「的確。」

她寫電子郵件通知說「我打算去找你們」，搞不好她今晚會出現在北鎌倉的篠川家。

虛貝堂座落在戶塚車站附近商店街的一角。我們把車停在店鋪後面的停車場，走向位於主屋兼店鋪旁邊的別館。那棟建築是虛貝堂的倉庫，也是杉尾康明生前住的地方。

替我們開門的是龜井。最先進入倉庫的我找尋著電燈的開關，但應該有開關的地方卻放著沒有背板的書架，很難找到開關在哪裡。

「恭一郎，開燈。」

杉尾開口。我還以為恭一郎會回答「是」，只見下一秒寬敞的倉庫內瞬間燈火通明。

「這裡還真熱鬧。」

與栞子類似但偏低沉的女性嗓音響起，我的心臟重重跳了一下。眾人同時轉頭看向別館的門口。不知道什麼時候，一名身穿灰色褲裝、黑色外套，一頭灰色長髮的老婦站在門外的黑暗中。已經入夜了，她仍然戴著淺色太陽眼鏡。

「各位晚安。」

篠川智惠子勾起嘴角朝我和栞子微笑。在眾人都不知該如何反應時，她已經走進別館來，掃視完一列列的不鏽鋼書架後，目光停在親生女兒身上。

「你們在這裡做什麼？」

她都有辦法知道我們人在虛貝堂了，問這種問題未免太虛偽，或者說，因為她問得如此直接，我們反而不得不回答。於是栞子向她說明《腦髓地獄》被調包的事情。

趁著栞子說明時，我、龜井和扉子進入倉庫尋找那本復刻版。恭一郎站在栞子旁邊，但與其說他是在聽栞子說話，更像是對篠川智惠子感到好奇；他的身子動個不停，彷彿在等待開口說話的時機。

「就是這麼一回事，所以妳對於康明那本《腦髓地獄》復刻版知道些什麼？」

栞子說明完就提出疑問。智惠子輕輕聳肩。

「那位外人就是我。」

「換句話說妳知情。」

栞子冷冷地說。智惠子默不作聲，看樣子果然與簽名書的調包有關。

儘管花了不少時間，我還是沒在書架上找到沖積舍的復刻版。走到倉庫後面找，就看到扉子湊近查看地上的舊書堆。那些書除了雜誌等大尺寸書之外，全都用尼龍繩綁成一捆捆，每捆舊書上同樣都貼著「送回倉庫・康」的便條紙。意思是這堆書全都是康明的藏書。

「這裡面好像沒有復刻版。」

扉子回頭看向我。這時候龜井從角落通往二樓的樓梯走下來。

「康明先生的房間裡也沒有。」

看來那本復刻版沒有放在這棟別館裡。

「車上也沒有嗎？」

「打包時檢查過了，但那裡也沒有。如果是跟其他書混在一起，我想應該會在康明先生的藏書裡。」

「康明先生的藏書只有這裡這些，以及車上那些嗎？」

我看著那堆舊書，若無其事地問。

「對，只剩下貼著這張便條紙的，沒其他了。」

我突然感覺到一股刺痛脖子的視線，轉頭看去，就看到篠川智惠子正盯著我們。我的皮膚瞬間冒出雞皮疙瘩，心裡有一抹感覺我們犯了什麼錯的不舒服餘韻。

「那個，我可以請教一個問題嗎？」

恭一郎發問的對象是智惠子。她拿下太陽眼鏡，從頭到腳打量著少年。

「你想問什麼？」

「妳找到我父親時……妳是怎麼知道的？妳怎麼知道他從神戶去了福岡？」

面對突如其來的問題，智惠子似乎也很錯愕，但她的沉默只是一瞬間。

「那真的沒什麼大不了的。」

腳步聲響起，她朝我們這邊走近，來到康明的藏書前彎下腰，拿起一捆約有四十本左右的文庫本書捆，那套收錄戰前偵探作家作品的「異色作家」傑作選相當齊全。智惠子指著當中的《夢野久作傑作選》系列，從「Ⅰ」到「Ⅴ」依序是《死後之戀》、《冰涯》、《惡魔祈禱書》、《炸彈太平記》——不對，漏了一本「Ⅳ」。

「看到康明的藏書時，我注意到《夢野久作傑作選》少了一本『Ⅳ』，『Ⅳ』就是《腦髓地獄》，因此我推測他外出旅行攜帶的書之中包括那一本。

他是愈寶貝的書愈晚才看的人，所以在目的地神戶看的應該是《腦髓地獄》……那本小說的故事舞臺是九州大學醫學院，昭和十年那時的大門還在。從神戶繼續延伸下去的話，我想下一個觀光目的地就是九州大學所在地的福岡了。只是這樣而已。」

所以才會在福岡找到人嗎？我沒想到那個地方與《腦髓地獄》有關。智惠子低頭看著康明的藏書，繼續說：

「《腦髓地獄》中提到的腦理論——人類不是用腦髓，而是用一顆顆的細胞思考——儘管只是虛構，但如果把書定義為人類的外在記憶，人類就不只是靠腦，也可以說是靠藏書思考，所以從藏書就能夠推敲出書主的部分想法。就跟康明的情況一樣。」

這個話題對我來說太困難，不過恭一郎聽得很專注。這時候杉尾拄著拐杖走來。

「智惠子，康明的事讓妳費心了。」

杉尾來到智惠子面前與她面對面。兩人的年紀應該差不多，但或許是杉尾身體不好，所以看起來蒼老許多。

「但這件事我不能當作沒發生……除了家人之外，能夠進入這間倉庫的只有妳，康明那本復刻版藏書，是不是妳拿走了？」

「我連一根手指都沒碰。家奠那天晚上，我從這裡拿走的是這本書。」

她從大衣口袋拿出一本厚厚的文庫本，那是創元推理文庫的《日本偵探小說全集4夢野久作集》。

「我把初版書復刻版賣給當時是高中生的康明時，連同這本文庫本一起給了他，因為我認為他可能還不習慣非現代日文寫成的初版書，而這本作品集裡也收錄了《瓶詰地獄》、《冰涯》，很適合當作入門書吧？康明當成藏書票的夢野久作親筆插畫第一次出現在書中，就是這部作品集。」

她愉快傾吐大量知識，但她隨身帶著當時拿走的文庫本這件事，本身就很可疑，似乎老早就準備好會被追問。智惠子看向龜井。

「家奠那晚，我進來這裡時，龜井就站在別館的入口，對吧？他應該記得我當時是雙手空空走進來，不可能帶著有書盒的四六版書走出去。」

「嗯，的確是那樣沒錯。」龜井也同意她的說詞，但他瞪著智惠子接著說：「我還記得其他事。我雖然沒有離開門口，但能夠從書架縫隙間瞥見智惠子，因為這座倉庫的書架沒有背板。妳當時拿起了《腦髓地獄》的初版書，沒錯吧？」

倉庫內瞬間一片死寂，智惠子的臉色卻連變都沒變。

「拿起來翻看也很正常吧，那是我賣給康明的書，而且是他生前，我最後一次與他碰面那天賣給他的。」

「妳別再找藉口了，妳一定知道些什麼。妳就老實說出真相吧……拜託妳了。」

杉尾以被逼得走投無路的聲音說，甚至深深鞠躬。智惠子態度冷淡地瞥了他殘留少許白髮的腦袋一眼後，拿掉太陽眼鏡輕聲嘆息說：

「杉尾，你才是應該老實說出真相吧？」

她的語氣隱約帶著笑意。杉尾慢吞吞抬眼望著智惠子，表情很僵硬。

「妳是……什麼意思？」

「你根本就沒有打算賣掉康明的藏書不是嗎？這次的活動你的確有把藏書拿出來賣，但你打算把剩下的大部分藏書藏起來，我說得沒錯吧？」

「我聽不懂妳在說什麼，我……」

「假如你真的有心要賣掉所有藏書，就沒必要對佳穗那樣宣示。」

智惠子毫不留情地打斷他的話。

「你只需要偷偷拿到活動上賣掉，佳穗就不會出面阻撓，你當然也完全沒必要僱用藏書的繼承人，也就是佳穗的兒子恭一郎來打工。這步棋走得太不高明了。」

她的語氣中摻雜著掩飾不了的喜悅。杉尾只是咬牙切齒，並沒有開口反駁。

「你讓包括恭一郎、我的女兒女婿和孫女、龜井，以及其他舊書店的人，所有參加舊書市集的人成為證人，證明『杉尾正臣真心想要賣掉他兒子的藏書』。你計畫等這場活動結束後，再把剩下的藏書藏好。你應該已經對龜井坦白真相了吧？畢竟要把書藏起來需要他的幫忙。你這麼做，都是為了避免把康明的藏書交給他的兒子恭一郎。」

我忍不住看了看龜井的表情，他的臉上沒有驚訝。或許正如智惠子所云，他已經曉得事實真相了。

另外還有一人也沒有表現出驚訝，就是栞子。她大概早已隱約猜到。只見她以尖銳的視線瞪著她的母親，似乎在怪她選在這個節骨眼揭露真相。

「那個……我並不想要上千本書。」

恭一郎以幾乎難以聽到的聲音小聲說。

「不，你在猶豫。」

智惠子很肯定地反駁，就好像她在講的是她自己的想法，不是別人的想法。

「你總是說『我並不想要上千本書』，但你並沒有明確表示自己不要那些書，只要其他人勸說，你就有可能改變想法。杉尾就是看準了這點吧。」

「慢著，我只是……」

杉尾的臉色變得慘白如紙。

「接下來幾個月只要躲過佳穗的追究，以曖昧含糊的態度爭取時間，你就能夠假裝已經把康明的藏書全數賣掉……畢竟不管怎麼說都有繼承人恭一郎替你作證，如此一來你就能把兒子留下的藏書納為己有。那些書在這次的活動中賣掉了一些，多少有減少，但這樣的犧牲很值得。

你該不會是打算在你心愛獨子的回憶包圍下，度過所剩無幾的人生吧？反正在你死後，包括這家店的權利等所有的一切，都會交到恭一郎的手上，所以你也沒有太深的罪惡感。這一招真高明。」

智惠子每說一句話，看著恭一郎祖父的眼神就愈來愈冰冷。注意到這點的杉尾，虛弱地對她搖頭說：

「不是……我沒有半點那種想法，我只是想要守護康明的藏書而已。相信我，真的……」

這時候杉尾沒拿拐杖的手突然緊緊揪住自己的胸口，最靠近他的我立刻反射動作上前扶住他失去平衡的身體。

「不好！他心臟病發作了！我去拿藥！」

龜井連忙衝出別館。

接下來的幾分鐘內一口氣發生了許多事。

龜井去車上拿來心臟病的藥餵入杉尾嘴裡，杉尾的胸痛很快就平息，但意識仍舊不清楚，於是我和龜井把他扶到主屋二樓休息，直到那副令人看得心痛的瘦削身軀在寢室的睡榻上躺下，我們才總算暫且放心。

我走進起居室，就看到栞子和扉子正在小聲討論。始終沉默幫忙我們的恭一郎，把肩背包重新背上肩膀後說：

「我差不多該回家了。」

「啊，我們開車送你。」

扉子立刻回答。我當然也有這個打算。

「我留下。」

栞子說完，以憤怒的視線看向在一段距離外看著一切發生的篠川智惠子。

「母親妳也留下。等杉尾社長恢復意識後，我有事情想和他、龜井先生，還有妳談談。」

「無妨，我會留下。」

智惠子回答的態度意外老實。恭一郎駝著背走下主屋的樓梯，扉子連忙追上他。

龜井站在樓梯上方說：「恭一郎！打工錢明天給你。」但恭一郎卻連回頭的打算都沒有。

「大輔……」

栞子不曉得什麼時候已經站在我身旁。她那對長睫毛環繞的雙眼，從鏡片後方凝視著我。我不清楚她的想法，但我從她的眼神看懂了她在告訴我她現在無法向我解釋，也告訴我她有事要拜託我。

「我先送恭一郎回去，妳需要我做什麼再寫電子郵件告訴我。」

說完，我也跑下樓梯。

我們開在夜晚的公路上，朝反方向的茅崎市前進。

時間已經超過晚上八點。恭一郎在車上也幾乎沒有說話。這幾天看他與祖父杉尾相處融洽，想必得知自己只是被用來當成完美的「證人」，深深傷害了他吧。扉子偶爾會與他攀談，但他都沒有太多反應。

我們一離開虛貝堂，就打了電話給樋口佳穗，告訴她要送恭一郎回去，順便想向她報告委託的結果。對方也同意了，聽說她的丈夫今天出差，家裡只有她跟女兒兩人在。

樋口家位在茅崎市中心外圍的寧靜住宅區，靠近藤澤市的交界。我把車子停在掛有「樋口」門牌的獨棟透天厝前面，才發現手機收到訊息。

訊息來自滝野書店的滝野，內容是在回答我問的問題——我們離開會場前往虛貝堂之後，篠川智惠子是否有出現？他的回答是「沒有」。

（原來如此……）

這樣一來證據就齊全了。琹子的來信在半路上已經收到，信上寫的真相必須由我開口告訴樋口母子。

恭一郎領著我們進門，樋口佳穗出來迎接。一樣的豐腴圓臉與及肩頭髮，她身上穿著土黃色寬鬆針織衫、女用襯衫與打摺西裝褲，大概是剛下班回來所以還沒有卸妝，臉上還帶著些許疲憊。

「弄到這麼晚真是抱歉。」

這不是藉口，我是由衷這麼覺得。扉子也一起鞠躬道歉。

「沒關係，還讓你們專程跑一趟送他回來，我才覺得抱歉。恭一郎，你有好好謝謝人家嗎？」

在我們旁邊脫鞋子的恭一郎聽到母親的話，這才愣了一下回過神來，特地站起來鞠躬行禮。

「不好意思……謝謝你們。」

「不會，是我們害你待到這麼晚。」

我的話還沒說完，扉子突然開口：

「請問可以讓我看看樋口學弟的房間嗎？」

樋口母子的臉上浮現困惑不解。我努力想要保持表情不變——這的確是我的打算，但也不應該要求得這麼突然。我是希望說詞委婉一點，不過扉子的要求也是我和栞子的意思。

我咳了兩聲掩飾尷尬。

「樋口女士，在我向妳報告委託結果之前，我必須先與恭一郎談談，所以能否暫時讓我們三人待在恭一郎的房間？」

佳穗手抵著嘴邊思索著，她的手指沾著黑色墨水，不曉得是不是剛用過油性麥克筆。

「只要恭一郎同意，我就無所謂。正好我今天早上剛打掃過他的房間。」

兒子聞言，整張臉皺起。我十分明白他的感受，全地球八成很難找到喜歡母親打掃自己房間的高中男生。

「好……那麼，這邊請。」

他說完，率先走向走廊。走廊盡頭的門一開就是客廳，擺在牆邊的書桌前面，有一名身穿黃色睡衣的少女托腮滑著平板電腦，大約是小學低年級的年紀。

樋口家的孩子還小的時候沒有自己的房間，一天大半的時間都會在客廳度過。擺放書包、體育服袋子等學校用品的櫃子擺在書桌右側，左側是對小學生來說偏大的書櫃，五層書櫃上塞滿兒童文學、圖鑑等新舊書籍。

與哥哥不同，看來妹妹有閱讀的習慣。

相似。

「晴菜，我回來了。」

恭一郎一喊，名叫晴菜的少女立刻抬頭，豐腴臉頰與及肩頭髮跟她的母親佳穗極度相似。

「啊！哥哥你回來……」

她面帶笑容正準備用唱歌的方式回應，這才發現我和扉子在場。

「你、你們好？」

她低頭行禮，視線沒有離開我們，臉上寫著「這些人是誰？」我們也開口打招呼道晚安。她繼續用圓滾滾的黑眼睛追問：「你們是誰？」但我們很難用一句話就解釋清楚身分，所以只能當作沒看到。

「妳還沒睡啊？已經很晚了，快去睡吧。」

恭一郎以十分體貼的語氣說完，晴菜從椅子站起。

「我一直在等哥哥！你遲遲沒回來，我很擔心你！」

「妳確定不是因為想要玩久一點？」

「才不是！臭哥哥！」

晴菜跺腳抗議。她的反應惹得恭一郎微笑，臉頰也因此稍微放鬆。他們兩人雖是同母異父的兄妹，感情似乎還不錯。

「晴菜，妳也該睡了。妳不是說等哥哥回來就去睡覺嗎？」

跟在我們身後進客廳的佳穗這麼說。我們趁著晴菜的注意力轉移到母親身上，連忙走上客廳的樓梯。

「我可以在睡前再看一本書嗎？隨便一本《屁屁偵探》就好……」

晴菜充滿活力的聲音逐漸遠去。來到二樓的恭一郎打開走廊盡頭的房門，燈一開，裡面是兩坪大的小房間；窗邊依序擺著鐵床架、書桌、金屬收納架，牆上掛著簇新的西裝式制服。正如他母親說過的，房間才剛仔細打掃過。

一進房間我最先留意到的是收納架最上層，那是整個房間裡唯一放書的地方。說是書，其實也只是課本、參考書、舊學習辭典，不過角落有一本格外突兀的書，那是裝在書盒裡的菊版尺寸《角川類義語新辭典》。我與扉子互看彼此。原來是這麼一回事嗎？

「那我出去了。」

甫進房的扉子打開房門。恭一郎睜大雙眼顯得很錯愕，畢竟主動說要看房間的是扉子，他有這種反應也很正常，但扉子還有其他任務——為了避免我接下來要說的話被恭一郎在一樓的家人聽到，扉子必須守在走廊上。

「爸。」

走出房門之前，扉子轉頭喊我。我看到她瞬間緊咬嘴唇。

「再來就……拜託你了。樋口學弟也是。」

房門靜靜關上。扉子應該也很想待在這裡參與，畢竟她最近幾天仔細聽了杉尾等人的對話，幫助我們解決這件事。第一天和第二天的意外插曲也是由扉子出面解決。

可是她本人似乎誤以為自己派不上用場，像是今天，她就把事情都交給栞子處理，自己退後一步；即使我們告訴她幫了我們大忙，她也好像沒有聽進心裡。

父母的心思很難傳達給孩子明白。

總之我必須專注眼前的事。我坐在恭一郎從書桌前拿來給我的椅子上，恭一郎則坐在床沿，看得出他對此刻的狀況感到困惑。這也難怪。

我盡量保持語氣平穩，率先開口說：

「你去醫院探望康明先生時，他是不是這樣對你說過，說等他死後，你可以隨意從他的藏書中拿走你喜歡的書？」

恭一郎稍微眨了眨眼。

「姑且算是有……不過他只是用很輕鬆的語氣說——假設我有興趣的話——沒有強

迫我。他原本就不是會強迫人看書的人……現在想想，他或許是刻意不說。」

恭一郎謹慎挑選詞彙，小心翼翼回答。我一邊聽一邊點頭，心想用不著對這名少年施壓，我的目的是聽他說話，然後說出我要說的話。

「剛才進入虛貝堂倉庫時，杉尾社長叫你開燈。我都不知道開關的位置，你卻很清楚。你以前也進去過那間倉庫吧？」

「是的。」他很明確地回答，似乎放鬆了一些。「尾七那天進去過……祖父後來也有進來。」

果然沒錯，就跟栞子寄來的電子郵件提到的內容一樣。我開口提起那封電子郵件後續的內容。

「你今天白天提到吳一郎這個名字，你說是在杉尾社長在會場拿著的《腦髓地獄》書盒上看到，因此記住了。這是真的嗎？」

恭一郎答不出來。這位少年似乎沒有臉皮厚到能夠若無其事地撒兩次謊。

「《腦髓地獄》的初版書盒上的確有人物介紹，當然復刻版也有印出來，問題是你在會場上也看到了，復刻版的書盒裡還有一層，也就是印著夢野久作照片的外側書盒收納著仿造初版的書盒，換句話說有兩層書盒。」

恭一郎瞥了收納架一眼，不用看也知道他在看的是《角川類義語新辭典》。

「你和扉子都說，在我們離開去休息之前，杉尾社長正看著復刻版《腦髓地獄》。問題是你應該只有看到外層書盒，否則那當下如果有拿出裡面的書檢查，就會發現那是正本的初版書。因此可以確定杉尾社長是在我們離開後才拿出內層書盒，也就是說你不可能有機會看到只印在內層書盒上的人物介紹。」

我站起來走向收納架。恭一郎也以雙眼追隨我的行動，並沒有打算阻止。

「你知道《腦髓地獄》初版書的裝幀，表示你在舊書市集以外的地方看過初版書的正本或復刻版。」

我一邊說一邊拿起《角川類義語新辭典》。我對這個書名當然有印象，因為它就是舊書市集第一天引起退貨騷動的源頭。當時那本是沒有書盒也沒有紙書衣的裸書，現在在這裡的辭典，卻是書盒和紙書衣都很齊全。

有包紙書衣的辭典並不多見，因為辭典的書封多半是透明塑膠材質。再者，既然是菊版尺寸的辭典，書盒裡就能夠藏進尺寸較小的書，只要套上紙書衣，從外觀看不出來底下是另外一本書。

沖積舍的復刻版《腦髓地獄》尺寸也是四六版，比這本辭典小一圈。

我拿出辭典書盒裡的書，拿掉紙書衣，露出印有《魔幻詭譎偵探小說　腦髓地獄》的書盒。換句話說，這個復刻版的《腦髓地獄》也有兩層書盒。

恭一郎平靜地開口說：

「《腦髓地獄》的事情，是我從住院父親那裏聽來的。他說這是他反覆看過好幾遍的小說，內容十分了不起。」

我為了謹慎起見，翻開扉頁檢查，那兒貼著有Y．S縮寫的藏書票。

「他說自己擁有各種版本的《腦髓地獄》，他每一本都喜歡，但最喜歡的還是複製原始版本的復刻版。這句話始終留在我的腦海中。」

「他沒有跟你提過那本簽名書吧。」

恭一郎點了下頭。那件事也很奇怪，既然康明先生已經向篠川智惠子買下那本簽名書，應該也帶進了病房，龜井就有看到，為什麼他完全沒對兒子提起？或許與沒把那本書加進自己的藏書有關。

「可是我上網搜尋後，看到的評語都是『看完腦子會變奇怪』、『看過好幾遍還是無法看懂』、『正木博士的研究資料那段太長』等負面感想，我因此一度失去了閱讀那本書的欲望。直到尾七那天，我要回家之前進入那棟別館，看完父親生前生活的空間後，在倉庫閒逛時，偶然發現那本復刻版就在我眼前……」

恭一郎的視線瞬間變得很空洞，大概是回憶起在虛貝堂倉庫時的情況吧。

「我的第一個想法是──啊，就是這本書。翻開一看我發現那本書很漂亮，無論如何都很想要……雖然父親說過喜歡的書都可以拿走，但我不確定真的可以嗎？被人發現很不妥吧？我甚至還在擔心搞不好會被當成小偷。可是仔細看看，旁邊就擺著一模一樣的書。於是我心想，既然有兩本，拿走一本或許不會被發現……」

所以他拿走復刻版，把正本初版書塞進復刻版的書盒裡調包；原因很簡單，只是因為恭一郎不懂兩者的差別而已。當然，初版書那麼碰巧就擺在復刻版旁邊也很不自然，八成是篠川智惠子移動過了。栞子在信裡也有提到這點，她說那是『為了讓恭一郎順利拿走《腦髓地獄》動的小手腳』。

可是栞子也不清楚篠川智惠子為什麼要用這麼迂迴的方式動手腳，當然我也沒有線索。

「為什麼要裝在類義語辭典的書盒裡？」

「為了不讓家人發現。我專程把親生父親的寶貝書帶回來，就已經很難對他們解釋了，再加上這是『看完後腦子會變奇怪』的小說……我尤其不希望妹妹不小心翻開來看到。」

我想起那位活潑的晴菜，那名少女的確有可能未經許可就活力十足地打開哥哥的書。話雖如此，完全不看書的高中生房間裡出現類義語辭典，感覺也很不自然。

「這書，你打算怎麼處置？」

恭一郎突然主動問我。

「爺爺如果希望我把書還給他，我是不是還給他比較好？我之前就想看這本書，結果卻幾乎沒有機會看。認識篠川學姊那樣的人之後，我發覺自己根本缺乏閱讀能力。我的母親不讓我看書，或許也是這個原因……」

「我可以跟你保證你絕對有足夠的閱讀能力。」

他與無法長時間閱讀的我有根本上的差異。他現在能夠跟一般人一樣，閱讀《人類臨終圖卷》，他只是閱讀的經驗不夠多罷了。

「你沒必要送回這本書，我會告訴杉尾社長書在你手上，我想他一定能夠諒解。」

我把《腦髓地獄》遞給恭一郎。這下子復刻版事件算是塵埃落定，但其他事情還沒有解決。

「你說你的母親不讓你看書，可以詳細說給我聽嗎？」

這也是琹子在信裡提到的事。她指出「恭一郎完全沒有閱讀習慣，這點不自然」，聽完剛才的對話，我也開始感到好奇。

「跟父親的失蹤也有點關係……」

恭一郎告訴我，康明失蹤後，有好一段時間佳穗很討厭看到書；部分原因也是因為恭一郎還小，她需要顧小孩又要工作，蠟燭兩頭燒。直到昨天佳穗才終於坦承說：「我還是無心在別人面前看書或與人聊書。」

這個解釋乍看之下合理，但也有很牽強的地方。

「樋口，你現在的繼父經常看書嗎？」

「他不太看書，以前連載到現在的漫畫一出新的集數他會買，頂多是這樣而已。」

我點點頭。習慣性持續購買年輕時追到現在的長期連載漫畫，這類中年書迷並不少見。

「所以你的繼父也沒有勸你多看書嘍？」

「是的。他不會叫我做這做那，感覺上他對我的教育方針就是全權交由母親處理。

怎麼了？」

「沒事，因為你的妹妹好像會看各種書，所以我在想，為什麼他們沒有要你也看書。」

恭一郎的嘴巴微張，表情像在說——他之前沒有想過這件事。如果佳穗「不想跟任何人聊書」，為什麼只讓恭一郎的妹妹培養閱讀習慣呢？

我從椅子裡挺直背脊，溼潤乾燥的雙唇，開口問：

「你有感覺到……你的母親刻意讓你遠離書嗎？」

「什麼？沒有。但她也的確沒有叫我或勸我多看書。」

「你妹妹呢？」

恭一郎沉思了一會兒，臉上第一次閃過懷疑。

「她從小就會看繪本之類的，跟母親一起。」

對於閱讀不感興趣的家長也不太會勸孩子看書，但樋口佳穗不同。她原本是文學少女，大學時也研究文學，以前經常逛舊書店，當然她也愛紙本書，甚至堅持要拿回自己送給康明的樋口一葉《通俗書簡文》。她對女兒晴菜也跟一般人一樣會勸她看書，而晴菜本人也經常看書。

「可是母親她……希望我繼承父親的藏書，沒錯吧？」

就是這點很奇怪，她還找上文現里亞古書堂去說服杉尾。

「的確如此，可是她又完全不推薦你看書。她有跟你提過希望你繼承藏書的動機嗎？」

「有，就在昨天，母親來會場時。我問她：『妳為什麼堅持要我繼承那些書？』母親就提到離婚的事……咦？這麼說來她沒有告訴我答案……」

（迴避回答嗎？）

那股不對勁的感覺在心中逐漸擴大。樋口佳穗真的希望兒子繼承藏書嗎？如果她採取相反的態度，反而容易理解。我以為她會把小孩教得不像前夫——尤其不能變成會特地遠遊進行閱讀之旅，結果失蹤多年的「書蟲」。

實際上她就是這樣教兒子的不是嗎？既然如此，她委託我們的真正目的到底是什麼？假設她完全無心讓恭一郎繼承康明的藏書——

「啊！」

恭一郎突然大叫。他翻開《腦髓地獄》的正文頁面，只見左右頁面全被塗成一片黑，下一頁也是，再下一頁也是……恭一郎以顫抖的手從第一頁翻到最後一頁，所有書頁沒有一行內容能夠辨識，全都用黑色麥克筆之類的工具仔細抹去。

「是、是誰做這種事……昨天明明還好好的……」

臉色蒼白的恭一郎以沙啞的聲音說。我的背後也噴出冷汗。是誰做的還用得著問嗎？就是今天早上打掃過這個房間的人。她剛才出去迎接我們時，手指上還沾著黑色墨水。

「哥哥！我可以進去一下嗎？」

不等回應「請進」，房門就啪地用力打開，穿著黃色睡衣的樋口晴菜蹦蹦跳跳闖進房間來。跟在她後面的扉子抓住晴菜的兩邊肩膀。

「對不起，我來不及阻止她。」

「你們還沒說完嗎？」晴菜鼓著臉不滿地說：「媽媽老早就出去了喔！」

我們懷疑自己聽到的話。恭一郎跪在地上配合妹妹的視線高度。

「妳說媽媽出去了？去哪裡？」

「她說要去拿書。」

晴菜天真無邪地回答。

「哥哥回來之前有人打電話過來，後來媽媽就告訴我，她臨時有事要出去，不曉得幾點回來，叫我今天跟哥哥一起睡。」

我不自覺吞了口唾沫，喉嚨動了動。換句話說，在我們抵達這裡之前，佳穗已經計畫著要出門，說要跟我談談也只是撒謊。這麼說來她那身打扮的確是為了出門方便。我以為她只是剛下班回家還沒換衣服。

「妳媽離開多久了？」

扉子問。晴菜仰望著天花板思索。

「大約是……一集卡通的時間？」

她在母親一出門就開始看起卡通，那大約是將近三十分鐘前，差不多是我們才到不久就立刻出門了。我也在晴菜面前蹲下，問：

「妳知道妳媽媽是跟誰講電話嗎？」

接二連三的問題使得晴菜臉上的表情逐漸消失。讓這麼小的女孩心生不安，我也感到不捨，可是我們非問不可。

「我不是很清楚……只聽到媽媽叫她智惠子女士。」

我咬牙。篠川智惠子，栞子的推測果然沒錯。

智惠子稍早突然出現在虛貝堂。知道我們前往戶塚的，只有在舊書市集會場的滝野和神藤，以及接到恭一郎聯絡的佳穗而已。而且我在來這裡的路上確認過了，滝野他們今天沒有遇到智惠子。

換句話說，通知智惠子的人就是佳穗。她們兩人恐怕一直在互通有無，對於恭一郎繼承藏書一事哪些人說過哪些話，智惠子全都一清二楚，她的情報來源只可能是佳穗了。問題是，佳穗現在打算做什麼？

（去拿書。）

該不會——才這麼想，我的手機正好響起，打來的是栞子。我按下接聽，就聽見栞子沒有任何開場白，小聲說：

『佳穗女士把康明先生的藏書搶走了。』

虛貝堂的旅行車其中一副備用鑰匙，放在杉尾康明生活的別館二樓。剛才因為杉尾正臣心臟病發，沒人想到別館的門忘了鎖上。

等到杉尾恢復意識後，仍然躺在床上無法起身，所以他們的談話就這樣不了了之。最先聽到引擎聲的是龜井。他連忙跑去停車場查看，正好看到佳穗發動虛貝堂的旅行車。她把康明堆在別館倉庫的藏書也全數載走了。

（我雖然有察覺她從我母親那裡得到消息，但我沒料到她會如此大膽行動，都怪我判斷錯誤。）

栞子在電話上很不甘心地說。這當然不是她的判斷錯誤造成，有錯的人是我。我們在別館倉庫找尋復刻版《腦髓地獄》時，佳穗恐怕已經從龜井口中得到她最想要的情報──找到康明所有藏書最簡單的方法，就是認明貼著「送回倉庫・康」便條紙的書捆，而那些書此刻就在倉庫裡和車上。

向佳穗洩漏這項消息的人當然是智惠子。她是基於什麼樣的動機這樣做，我們總有一天必須問問。

「母親為什麼要偷父親的藏書？」

坐在副駕駛座的恭一郎問。我們正開著文現里亞古書堂的廂型車走濱海公路，從鎌倉往茅崎方向慢速前進，因為有可能在海邊找到佳穗，她想做的事情需要在空無一人的空曠場所，這樣的場所還有其他很多地方，但住在這一帶的她或許會選擇熟悉的海邊。

扉子留在樋口家，總不能留著還是小學生的晴菜獨自看家。

「為了不讓你看康明先生的書。」

我回答。車內頓時一陣沉默。

「那個……不好意思，我不懂你的意思……」

「佳穗女士極度恐懼你會變成康明先生那樣。康明先生的藏書反映他的人格，他本人也說過『書造就了他這個人』。佳穗女士不敢保證你不會變成像他那樣，所以她要徹底處理掉康明先生的藏書。為了達成這個目的，她必須取得那些書，因此無論如何都要讓你繼承。」

即使藏書由恭一郎繼承，負責管理的仍然是身為母親的佳穗，只要書一得手，她就可以隨心所欲處置了。

「處理掉……那不……」

看過塗黑的《腦髓地獄》之後，他似乎也不敢保證百分百不可能了。厚達七百頁以上的書，佳穗居然一頁頁塗黑，由此可知她的執著非同小可。

杉尾恐怕是察覺到佳穗的計畫，才會想到利用舊書市集保護兒子的藏書。

佳穗原本一定也沒有那麼急切，但在恭一郎房裡出現的《腦髓地獄》改變了一切。兒子已經開始閱讀父親的藏書，而且是帶給康明關鍵影響的那本書。

於是她不再猶豫，此時又得到智惠子給的消息，能夠取得康明的所有藏書。現在她應該打算採取更實際的方法盡快消滅那些藏書，她沒有閒工夫耗時費力一頁頁塗黑。

「五浦先生，那邊……」

恭一郎指著公路前方。我們剛過稻村崎，正好來到七里濱沿岸。防波堤兼停車場前側的步道上停著一輛白色旅行車。我們也把車停在它的後方，走近虛貝堂的車子查看。

駕駛座不見佳穗的身影，原本裝滿舊書的行李廂空出一個大洞。康明的藏書已經被拿走。

（糟了……）

我朝著防波堤上的停車場凝神細看。那個只有夏天觀光旺季才會使用的地方，在淡季的現在，連一盞路燈都沒有，只能聽見洶湧的浪濤聲。

在莫名廣大的空間正中央，可看到模糊的黑色人影和黑色小丘。人影有時會閃現淡淡光芒。

我們小心翼翼靠近，避免發出腳步聲。在海風的吹拂下，頭髮亂飛的樋口佳穗，站在堆積如山的大量舊書前，腳邊擺著像是某種燃料的四方形容器。

她的右手緊握拋棄式防風打火機，很神經質地以拇指頻頻按壓點火，每按一次都在手中燃起小小火焰。

「康明不見時，我可以撐下去，是因為有那孩子在……」

佳穗像在自言自語般喃喃說，嗓音意外冷靜，甚至可以說溫柔，一定是沉溺在遙遠的記憶中。

「娘家的母親病倒、沒錢時，我能夠撐下去，也是因為有那孩子在……」

「媽……」

恭一郎開口一喊，佳穗的肩膀顫了一下。

「康明突然回來時，我也沒有被打倒……年輕時他失蹤也是……全都是因為有那個孩子在。」

「媽。」

恭一郎用比之前更清楚的聲音喊道，佳穗這才終於抬起頭。他們兩人已經忘了我的存在，我或許有機會搶走那個打火機。

我從佳穗的視線外小心翼翼靠近。

「可是我……」定睛看著恭一郎的佳穗聲音顫抖，「無法承受第二次。」

即使在黑暗中也知道她在哭。

「如果恭一郎變得跟那個人一樣……跟他一樣失蹤……我的心一定會崩潰。」

佳穗把左手的東西靠近打火機，那是一本縱長的小書。她再度點燃打火機，在淡淡火光照亮下，我清楚看到那本書的書名——《腦髓地獄》，早川書房的口袋懸疑小說版。

「媽……媽……」

恐懼顫抖的恭一郎喊著，似乎想不出其他能說的話。眼下已經沒有時間好好溝通，達成共識了，他只能呼喚著母親。佳穗的左手靠近右手。

「媽！」

兒子哽咽大叫。儘管還有一段距離，我已經重踩混凝土地面跑上前。藍色火焰瞬間包圍《腦髓地獄》，那本小書大概已經浸泡過燃料，一朵朵火花散落在幾百冊的舊書上方。

下一秒，停車場中央竄起巨大火柱，熱風灼燒著我的臉頰。

（可惡……）

已經來不及撲滅火勢，只能放棄那些藏書。我把佳穗的雙臂反剪在背後，拉著她一步步往後退離大火。

「爸……媽……」

雙膝跪地的恭一郎淚流滿面。相當於父親記憶的藏書付之一炬，橘色業火照亮少年的身影。

最終日
夢野久作《腦髓地獄》

白天時瞥見的《腦髓地獄》那段話，掠過我的腦海。

胎兒啊，
胎兒啊，
你的心跳為何如此激昂？
莫不是察覺母親的心思
所以感到恐慌？

尾聲・一個月後

篠川智惠子座落在片瀨山的別墅後院有高牆圍繞，從外面無法窺見牆內。後院不是很大，卻是標準的英式花園，在五月的現在正好滿院子的紅色玫瑰盛放。屋主在時隔一個月後，終於在今天現身在這座平日悉心維護的美麗花園裡。

智惠子坐在花園桌前，閱讀小尺寸的皮革精裝書。我和栞子一走進後院，她就安靜地把書闔上。那本書的封面沒印任何字，或許是自己重新裝幀的藏書。這位女士擁有製作手工書的技術。

「歡迎回來，妳終於回日本了。」

栞子冷冷問候母親，在她的正前方坐下。

「我沒想到妳居然會在發生那種事的第二天飛回倫敦。」

樋口佳穗燒掉杉尾康明藏書一事已經過了一個月。虛貝堂沒有報案，所以佳穗沒有因為這件事被追究刑責。

但是這件事在樋口家的母子之間形成鴻溝。恭一郎不想見到佳穗，所以一週之中有一半時間都待在戶塚的祖父家。

「我有工作要忙。再說我本來就與那件事無關不是？我只是扮演佳穗的商量對象很多年了而已。」

樋口佳穗也是這麼說。十年前為了找到失蹤的康明，智惠子曾經找上佳穗問話，兩人也因此開始來往。看樣子不只是康明，連他的前妻也跟篠川智惠子有關係。

「可是那天是妳把最關鍵的情報透露給佳穗女士的，對吧？妳告訴她康明先生的藏書在哪裡，還有怎麼辨認……」

「我只是回答她問我的問題而已，因為她想知道康明的藏書賣掉多少，還剩下多少。我哪想得到她是打算燒掉那些藏書？」

栞子不相信她的說詞，智惠子本人當然也知道我們不會買帳。這個人不可能沒有察覺到佳穗的企圖。

（康明告訴過我，說他的藏書就隨佳穗的喜好處置。）

杉尾在事發幾天後說過的這句話掠過我的腦海。

（康明說她或許會毀掉那些藏書，但考慮到過往發生的事，他會原諒她……他們兩人在康明發現罹癌時見面談過，當時康明就已經察覺那女人打算處理掉那些藏書了吧。他要我們拿走自己喜歡的書，或許也是因為他已經料到藏書的下場。但我無法接受，我想要守護兒子重要的東西，當作兒子死去的祭品。）

佳穗甚至不惜讓康明本人察覺自己的意圖，既然這樣，對商量對象智惠子坦承一切也合情合理。

「去年母親妳曾經找過扉子，上個月是恭一郎……一定還有其他盤算吧。你為了自己的目的迂迴進行著計畫，我有說錯嗎？」

「哎呀，妳認為我在進行什麼計畫？」

「我現在還不知道。」栞子直接了當地說：「可是那些已經不重要。」

從我們來到這裡那一刻起，智惠子的表情首次出現變化。她那抹嘲弄的笑容消失，與女兒四目相對。

栞子繼續說：

「現在的妳真心想要的東西不多，也有足夠的財富能夠像這樣住在大別墅裡，收集數量龐大的藏書，過著自由自在的生活，因此妳想要的只剩下與人交流。只要知道這點，就沒有必要深入了解。」

儘管我們才剛到，琹子已經起身準備離開。想要說的話都說完了，往後應該還有見面的機會，因為我們就住在附近。

「我不會拋下任何人，無論妳的目的是要傷害誰，我會保護我身邊的所有人……包括妳在內。」

智惠子仍然坐在椅子上，反芻著女兒這番話好一會兒。接著似乎想到了什麼，再度放鬆嘴角。

「妳打算扮演所有人的母親？」

「我對妳如何定義我的角色不感興趣，隨妳高興怎麼說，我只是說出自己的決定而已。」

琹子說到這裡停住，低頭看著自己的母親，她的視線中摻雜著些許溫柔。

「我們改天見了，母親。」

離開智惠子的別墅後，我們在斜坡的公車站搭上公車。

「我想，一切都是因為母親很寂寞。」

在下坡途中，她小聲說。

「可是她卻連自己感到寂寞都沒發現……」

我凝視她的側臉，默默傾聽著。如果是以前的她，不可能說出這種分析母親內心的話，也不會親口說出對身旁親友的責任。她變了。

當然我也跟以前不同了。栞子如果要扮演母親，我應該可以扮演父親吧。接受這種角色，我絕不會有半點猶豫。

（嗯？）

我愣了一下屏住呼吸，好像瞥到車窗外有個高中生年紀的少年騎自行車衝上斜坡。我連忙轉頭看去，但公車正好轉彎，少年已經消失在視線範圍內。

「怎麼了？」

栞子感到不解問。

「沒事……」

我面向前方。只有一眼而已，或許是我看錯。

我覺得那個騎自行車的少年是恭一郎。

對講機響起後過了一會兒，清潔婦領著樋口恭一郎來到後院。

「妳好……」

他問候的語氣生硬，態度充滿戒心。

「歡迎，你來得真早呢。」

把書闔上的篠川智惠子起身走進屋內。恭一郎滿心不解，仍然跟上她。今天把這位少年找來的是智惠子，她告訴少年有禮物要給他。

智惠子在走廊上一扇大門前停下腳步，手掌貼在生物特徵辨識裝置上，就聽到喀嚓一聲解鎖的聲音。

門打開後出現的是一間沒有對外窗的小房間，中央有大型電腦桌、看書架，以及可製作手工書的工作檯，四面牆壁上嵌著訂製書架。為了避免她以外的人進來，門外裝設著生物特徵辨識鎖。

她的主要書庫在二樓，但需要嚴格環境管理的珍稀本、不想讓人看到的書，都放在這個兼書房用的空間。

「過來這邊。」

智惠子領著他來到房間角落的書架。架上陳列許多古今中外的偵探小說，但明治大正時代的日本文學與隨筆等的數量也有相當多，包括《通俗書簡文》、《樋口一葉全集》、《人類臨終圖卷》等。

特別是有好幾個版本的《腦髓地獄》。

「這些是……什麼？」

「我用自己的藏書重現你父親……康明的藏書。我想這裡大約有七成。」

只要看過書架一眼，她就能夠記住上頭的所有書籍，她可以使用這種能力輕鬆重現別人的藏書。而眼前這些也等於是杉尾康明記憶的一部分。

「這裡的書你可以隨意借閱。你父親的藏書不在了，不過你只要來這裡，隨時都能看到。」

「妳為什麼……願意讓我看呢？」

「你沒有必要知道原因。我不要求你的任何回報，你如果不想來，不來也無妨，這件事對你來說沒有壞處，我只能這樣保證。」

少年的眼中仍然帶著防備，但篠川智惠子知道他已經做出決定。

留下開始在書房看書的恭一郎，智惠子回到後院。

在花園桌前坐下後，她以手指撫摸黑色皮革精裝的手工書。封面沒有寫任何字，但封底有小小的燙金字體，寫著今年的年號。

這麼一來計畫又邁進一步了。

她閉上雙眼，眼前浮現剛才在場的女兒和女婿。

她曾經考慮過讓他們兩人成為自己的接班人，自己打算毫無保留傳承龐大的知識，而他們或許能夠成為適合的容器。

可惜琹子走上了另一條路。還有大輔，他的素質不錯，但無法閱讀的缺陷實在遺憾。至於與他同樣個性老實且腦子動得快、更年輕的男性——她想到的候選人就是樋口恭一郎。

恭一郎開始對書產生興趣，切斷與母親的關係，失去父親的藏書，獨自來到這裡。上個月發生的一連串事件，樋口佳穗企圖私底下處理掉藏書而杉尾正臣試圖阻止她，兩人鷸蚌相爭的結果，漁翁得利的就是智惠子。她的所作所為都是為了讓情況自然而然發展成這樣，而且不會有人發現是她在操控。

當初她就規劃好要透過康明把《腦髓地獄》簽名書送到兒子手上，藉此刺激佳穗。但是康明沒有上當，智惠子只好讓恭一郎拿走《腦髓地獄》復刻版。她還另外準備了好幾個方案，以免這招也失敗。她原本以為要實現自己的計畫有難度，沒想到一切都那麼容易。

接下來她需要的是扉子。她打算設下陷阱，以同樣方式把她引到這裡來。

她已經備妥誘餌。

智惠子翻開黑書，裡面記錄著上個月那件事。大輔寫事件手帖是很獨到的點子，但就她以前簡單瀏覽過所看到的，內容不夠完整，跟備忘錄差不多，還包括很多潦草寫下或筆記程度的敘述；以紀錄來說確實很充實，但如果事件手帖的寫法跟小說沒兩樣，能夠流暢看到最後，扉子就會主動過來這裡閱讀吧。

智惠子為了確認這點，再度翻開黑書——也就是她構思的完整版文現里亞古書堂事件手帖——重新再讀一遍。

春初的綿綿細雨無聲降落在北鎌倉。

文現里亞古書堂今天公休。

玻璃門內的門簾拉上了，鐵製立牌也收起。這家在橫須賀線北鎌倉車站附近經營超過六十年、店長傳承三代的舊書店，從開店以來就不曾裝潢改建，彷彿時間停止般，殘留著舊時代的氛圍。

後記

「古書堂事件手帖」系列的第一集出版至今已經滿十年。

身為作者的我十分開心有紀念周邊商品與活動等各種形式的慶祝，更重要的是要由衷感謝各位讀者一直以來對本系列的支持。

話說回來，這個系列已經十年了。第一集在二〇一一年的三月發行，這一集的發行日是二〇二二年的三月，所以正好十……

是我算錯了，對不起，這一集的出版正好是十一週年才對（註7）。

我寫下這篇後記是在二月，還是十週年的時候，紀念周邊商品的預約等活動已經展開，所以算是慶祝十週年紀念沒錯。奇怪的是這一集的發行時間。

這一集原本是計畫要提早在十週年紀念前幾個月發行，全都怪我稿子遲遲寫不完，不是其他人的責任。我要在這裡向相關人士再度致歉。

真的對不起。

話說回來，除了《古書堂事件手帖》問世已經超過十（十一）年之外，對我個人來說，今年（二〇二二年）還有一個值得紀念的原因，就是從我二〇〇二年出道起算，到了今年正好滿二十年，是我的出道二十週年紀念！

這件事居然沒有太多人知道，所以就不多說了。

回歸正題，本集正好也是「古書堂事件手帖」系列的第十集。

這一集的故事是以舊書聯合特賣會為舞臺。我終於能夠寫很久以前就很想寫的作品之一——夢野久作的《腦髓地獄》。有興趣的讀者請務必親自一探究竟。角川文庫也有出版。

下一集要出現的作家幾乎已經定案。我講過好幾遍卻只是空談的前傳，也就是栞子以前的故事，也應該有機會在下一集出現。

如果可以的話，請各位也別錯過下一集。懇請大家今後繼續支持指教。

三上延

註7：以上為日本出版狀況。

參考文獻

大野晉、濱西正人《角川類義語新辭典》（角川書店）

山田風太郎《人類臨終圖卷》I～III（德間書店）

《怪獸島決戰　哥吉拉之子／只願你幸福Sentimental Boy》電影手冊

《角色大全　哥吉拉　東寶特殊攝影電影全史》（講談社）

元山掌、松野本和弘、淺井和康、鈴木宣孝、加藤ＭＡＳＡＳＨＩ《東寶特殊攝影電影大全集》（VILLAGEBOOKS INC.）

田中友幸審訂《東寶特殊攝影電影全史》（東寶股份有限公司 出版事業室）

《樋口一葉全集》（筑摩書房）

樋口一葉《通俗書簡文》（GOMA-BOOKS Co.,ltd.）

鈴木淳、樋口智子編撰《樋口一葉日記》上、下（岩波書店）

和田芳惠編撰《樋口一葉研究》（新世社）

和田芳惠《新裝版　一葉的日記》（講談社文藝文庫）

森真由美《一葉擱筆》（筑摩書房）
群洋子《一葉的口紅 拂曉的緞帶》（筑摩文庫）
田中優子《樋口一葉說「不要！」》（集英社新書）
夢野久作《腦髓地獄》（松柏館書店）
夢野久作《腦髓地獄 復刻版》（沖積舍）
夢野久作《腦髓地獄》（HAYAKAWA POCKET MYSTERY BOOK）
夢野久作《腦髓地獄》上、下（角川文庫）
《日本偵探小說全集4 夢野久作集》（創元推理文庫）
《夢野久作傑作選》Ⅰ～Ⅴ（現代教養文庫）
《夢野久作全集》（筑摩文庫）
《定本 夢野久作全集》（國書刊行會）
杉山龍丸編撰《夢野久作的日記》（葦書房）
杉山龍丸《吾父夢野久作》（三一書房）
西原和海編著《夢野久作的世界》（沖積舍）
《「夢野久作與杉山三代研究會」會報 親民》（「夢野久作與杉山三代研究會」事務局）

參考文獻

狩狩博士《腦髓地獄的夢 覺醒的夢野久作》（三一書房）
中井英夫《定本 黑衣的短歌史》（wides publishing）
谷口基《變格派偵探小說入門 奇想的遺產》（岩波現代全書）（岩波書店）
出久根達郎《作家的價值》（講談社）

國家圖書館出版品預行編目資料

古書堂事件手帖 . III, 扉子與虛幻之夢 / 三上延著 ; 黃薇嬪譯 . -- 一版 . -- 臺北市 : 臺灣角川股份有限公司 , 2024.02-
面 ; 公分

譯自 : ビブリア古書堂の事件手帖 . III, 扉子と虚ろな夢
ISBN 978-626-378-422-2 (平裝)

861.57 112019588

輕文學 Light Literature

古書堂事件手帖Ⅲ ～扉子與虛幻之夢～

原著名＊ビブリア古書堂の事件手帖Ⅲ ～扉子と虚ろな夢～

作　　者＊三上 延
插　　畫＊越島はぐ
譯　　者＊黃薇嬪

2024年2月20日　初版第1刷發行

發 行 人＊台灣角川股份有限公司
總　　監＊呂慧君
總 編 輯＊蔡佩芬
主　　編＊李維莉
設計主編＊許景舜
印　　務＊李明修（主任）、張加恩（主任）、張凱棋

台灣角川

發 行 所＊台灣角川股份有限公司
地　　址＊104台北市中山區松江路223號3樓
電　　話＊（02）2515-3000
傳　　真＊（02）2515-0033
網　　址＊http://www.kadokawa.com.tw
劃撥帳戶＊台灣角川股份有限公司
劃撥帳號＊19487412
法律顧問＊有澤法律事務所
製　　版＊尚騰印刷事業有限公司
I S B N＊978-626-378-422-2